Chère lectrice,

Si je vous dis « robe de mariée », pensez-vous immédiatement flots de satin, dentelle et tulle blanc ? Cette tradition d'une tenue immaculée n'est pourtant pas très ancienne : elle remonte à la fin du XVIIIe siècle – époque où les futures épouses ont commencé à revêtir une robe de couleur blanche le jour de leur mariage, en signe de pureté virginale. Auparavant, la mariée se devait de porter sa plus belle robe. Or, plusieurs siècles durant, pour les jeunes paysannes de toute l'Europe, cette robe était… de couleur rouge. Symboliquement associé à la joie, à la fête et au plaisir, le rouge fut en effet, jusqu'au début du XIXe siècle, la couleur la mieux maîtrisée par les teinturiers. La garance, plante dont on tirait le pigment servant à produire le rouge, donnait de bien meilleurs résultats que les pigments utilisés pour les autres couleurs. Ainsi, les tissus rouges n'avaient pas tendance, comme les autres, à se décolorer au soleil ou à l'eau, c'est pourquoi cette couleur paraissait toujours plus dense et plus éclatante que les autres. Aujourd'hui on peut se marier en n'importe quelle couleur, mais la couleur de robe la plus populaire demeure le blanc, indissociable de l'idée de mariage depuis le XIXe siècle.

Bonne lecture !

La responsable de collection

Un enfant à cacher

VALERIE PARV

Un enfant à cacher

COLLECTION HORIZON

*éditions*Harlequin

*Cet ouvrage a été publié en langue anglaise
sous le titre :*
THE VISCOUNT & THE VIRGIN

Traduction française de
CHRISTINE DERMANIAN

HARLEQUIN®

est une marque déposée du Groupe Harlequin
et Horizon® est une marque déposée d'Harlequin S.A.

Originally published by SILHOUETTE BOOKS,
division of Harlequin Enterprises Ltd.
Toronto, Canada

Photo de couverture
Château St Clair : © CHARLIE WAITE / GETTY IMAGES

*Toute représentation ou reproduction, par quelque procédé que ce soit, constituerait
une contrefaçon sanctionnée par les articles 425 et suivants du Code pénal.*
© 2003, Valerie Parv. © 2006, Traduction française : Harlequin S.A.
83-85, boulevard Vincent-Auriol, 75013 PARIS — Tél. : 01 42 16 63 63
Service Lectrices — Tél. : 01 45 82 47 47
ISBN 2-280-14486-7 — ISSN 0993-4456

1.

Kirsten Bond inspira profondément tout en s'efforçant d'ignorer les douleurs infligées à ses pieds par ses chaussures neuves, et adressa un grand sourire au groupe rassemblé autour d'elle. Cette visite était la dernière de la journée. Dans peu de temps, elle se réfugierait dans son bureau, enlèverait ces maudits escarpins et se servirait une boisson fraîche bien méritée. Un bref regard à sa montre lui mit du baume au cœur. Plus que quinze minutes à tenir...

Quinze minutes qui prenaient des allures d'éternité ! C'était sa faute. Quel besoin avait-elle d'acheter ces chaussures à talons — en solde, soit —, sous prétexte que, d'après la vendeuse, elles lui « allongeaient la silhouette » ? Bien sûr, elle saisissait toujours la moindre occasion pour s'élever au-dessus de son mètre cinquante-huit. Mais pourquoi n'avait-elle pas songé à les porter quelques heures chez elle afin de les assouplir, avant de les mettre au château, où elle travaillait debout une bonne partie de la journée ?

Quelques minutes encore…

Elle tentait de ne plus penser à sa douleur lorsqu'elle vit un homme de haute stature avancer vers le groupe. Cela n'avait en soi rien d'extraordinaire. Les visites du château de Merrisand étaient gratuites, et les gens qui arrivaient en retard rejoignaient le groupe. Kirsten saluait les nouveaux visiteurs d'un signe de tête, puis poursuivait sa description des trésors artistiques que recelait la demeure. Bien que la collection appartienne à la famille royale des Carramer, la jeune femme manifestait parfois un enthousiasme et une fierté dignes d'un propriétaire.

Désarçonnée par l'arrivée impromptue de ce visiteur, elle s'interrompit et se passa la langue sur les lèvres. Que faisait donc là Romain Sevrin ? Il ne venait jamais au château. *Jamais.* Sans quoi, elle n'aurait pas accepté cet emploi. La dernière fois qu'elle l'avait vu à la télévision, il conduisait des bolides sur des circuits européens, et collectionnait les trophées à la même allure que les top models.

Deviner ce qui attirait ces mannequins n'avait rien de bien sorcier. Romain, plus connu sous le nom de Rowe, était lui aussi doté d'un physique

8

qui ne déparait pas dans les magazines de mode. Il était grand, bien bâti, avec des traits énergiques, un teint perpétuellement hâlé, et avait en outre hérité de l'épaisse chevelure brune des Carramer. En ce moment même, il posait sur elle son regard d'un vert changeant qui lui rappelait la couleur de l'océan. Puis il tourna la tête, lui donnant le loisir d'admirer un profil aristocratique qui n'aurait pas déparé sur une statue antique, avant de reporter son attention sur elle.

Pourtant, Kirsten se considérait dotée d'un physique trop commun pour mériter d'être scrutée de la sorte. Petite et menue, avec un visage aux traits réguliers, elle n'entendait certainement pas rivaliser de beauté avec les ravissantes créatures que fréquentait le vicomte d'Aragon. De son propre avis, seuls ses cheveux flamboyants pouvaient susciter l'intérêt des personnes qu'elle croisait. Ces boucles rebelles, elle s'efforçait sans grand succès de les maîtriser en les attachant sur la nuque. De grands yeux gris argenté venaient enfin compléter un physique qu'elle aurait volontiers échangé contre des attributs plus banals. Elle aurait préféré, par exemple, être tout simplement blonde aux yeux bleus !

Ses amis prétendaient qu'elle avait un caractère aussi ardent que sa chevelure. Mais elle n'en était pas si sûre. Peut-être, en effet, lui arrivait-il de réagir assez vivement en certaines occasions. Mais pas autant que d'aucuns le croyaient, sans quoi elle n'aurait pas hésité à s'adresser à Romain Sevrin pour lui demander sans ambages ce qu'il désirait.

S'il n'utilisait presque jamais son titre, le vicomte d'Aragon n'avait toutefois pas besoin de rester dans ce groupe, à l'écouter décrire les œuvres d'art parmi lesquelles il avait grandi. Et moins encore besoin de la regarder avec autant d'insistance ! Cet intérêt, aussi manifeste qu'incompréhensible, la mettait mal à l'aise.

Un sourire toujours plaqué sur ses lèvres, elle se balança d'un pied sur l'autre. La gêne qu'elle éprouvait à être fixée de la sorte par un homme si séduisant lui fit oublier celle occasionnée par ses chaussures neuves.

L'un des visiteurs leva alors la main pour attirer son attention.

— La légende que vous venez de nous raconter concerne-t-elle exclusivement les membres de la famille royale ?

Kirsten regretta d'avoir abordé le sujet en question, ce qu'elle faisait pourtant à chaque visite. Bien sûr, elle ne se doutait pas que le vicomte d'Aragon se joindrait au petit groupe.

10

Elle s'éclaircit la voix.

— D'après la légende, expliqua-t-elle, toute personne ayant servi la Fondation Carramer sera récompensée en trouvant l'amour, le vrai. Cela ne s'applique donc pas qu'aux membres de la famille royale.

Du coin de l'œil, elle remarqua que Rowe hochait la tête. Une autre personne leva la main, ce qui permit à la jeune femme d'éviter son regard.

— Quelle est la taille de l'État de Carramer ?

C'était une Américaine qui venait de poser la question et, trop heureuse de changer de sujet, Kirsten s'empressa de lui répondre. Tandis qu'elle fournissait les renseignements à la touriste, un parfum vert, boisé, vint lui chatouiller les narines. Ces fragrances, assez discrètes, elle ne les avait pas perçues jusque-là, et elle s'étonnait d'ailleurs qu'elles arrivent jusqu'à elle dans une pièce de si vaste dimension. Ce qui l'étonnait davantage encore, c'était l'impact qu'avait sur elle le nouvel arrivé !

— Lors de la construction du château, en 1879, les terres qui avaient été concédées à Honoré de Marigny, premier marquis de Merrisand, représentaient environ mille hectares de forêts vallonnées, sur lesquels étaient installés quelques cultivateurs à bail. Au fil du temps, ces terres se sont étendues et atteignent aujourd'hui quatre mille hectares environ. Une partie a même été aménagée en réserve de daims — le daim étant l'animal emblématique de Carramer.

Honoré était l'arrière-arrière-grand-père de Romain, précisa-t-elle en elle-même.

L'Américaine hocha lentement la tête, et ce fut ensuite une adolescente qui prit la parole.

— Est-ce que c'est difficile de se faire embaucher au château ?

Il s'agissait là d'une question assez fréquente.

— Le château de Merrisand fonctionne un peu comme une ville, à une échelle plus réduite, évidemment. Il est donc possible d'y exercer une activité dans bon nombre de secteurs. Mieux vaut, bien entendu, choisir d'abord le secteur qui vous intéresse, puis postuler.

— Vous avez toujours voulu être guide ?

La question avait été posée par une voix masculine. Sans se tourner, elle sut que c'était Romain Sevrin qui venait de s'exprimer. Elle fit en sorte d'adresser sa réponse au groupe entier.

— Guide n'est pas ma fonction essentielle. Mais comme la plupart des membres du personnel, je fais visiter le château quand cela s'avère nécessaire. Je suis en réalité conservatrice d'œuvres d'art. J'ai suivi une formation en Histoire de l'art, et j'ai eu la chance, pendant mes études, de faire des stages au château. Quand j'ai eu vent d'une nouvelle création de poste, j'ai présenté ma candidature, qui a été retenue.

— C'est aussi simple que cela ? fit Romain Sevrin d'une voix traînante.

Cette fois, elle se tourna vers lui. Pour quelle raison essayait-il de jouer au chat et à la souris avec elle ? Et surtout, pourquoi se retrouvait-elle cantonnée dans le rôle de la souris ? Elle décida que le meilleur moyen de se défendre était de passer à l'offensive.

— Oui, vicomte d'Aragon. Pourquoi ? Cela vous étonne ?

Comme elle l'espérait en énonçant ce titre, tous les regards convergèrent sur Romain Sevrin. Elle eut le plaisir de le voir se rembrunir tandis que quelques « oh » de surprise fusaient dans l'assistance.

— Mesdames et messieurs, enchaîna-t-elle avec assurance, M. le vicomte nous honore aujourd'hui de sa présence, un privilège assez rare, il faut bien le dire, et je suppose que certains d'entre vous souhaitent lui poser des questions. Il y répondra, j'en suis sûre, avec beaucoup de plaisir.

Et si ce n'était pas le cas, tant pis pour lui ! songea

Kirsten. Après tout, personne ne l'avait obligé à rejoindre le groupe en catimini.

— Bien entendu, fit-il d'un ton affable, que démentait le regard noir dont il la gratifia.

Sans se départir de son sourire, Kirsten avala sa salive. Quelle mouche l'avait donc piquée ? D'ordinaire, quand un membre de la famille royale rejoignait le groupe de visiteurs, elle se gardait bien de l'interpeller de la sorte. A moins, bien entendu, qu'il ne manifeste clairement le désir de participer à la visite.

Les touristes, eux, ne connaissaient pas ce genre de scrupules. Lorsqu'une occasion pareille se présentait, ils assaillaient de questions le nouveau venu avec un plaisir non dissimulé. En ce moment même, d'ailleurs, quatre adolescents s'étaient rapprochés de Rowe pour lui demander un autographe. Et Kirsten était prête à parier qu'ils s'intéressaient bien plus à son titre d'ex-champion de Formule 1 qu'à celui de vicomte !

Bien que tentée de quitter les lieux, le livrant en pâture à ses admirateurs, Kirsten resta dans la salle. En dépit des sentiments dépourvus d'aménité qu'elle lui portait, elle regrettait déjà de l'avoir soumis à cette épreuve. Elle envisageait même de lui présenter des excuses quand le groupe serait parti.

— Nous sommes tous très reconnaissants au vicomte d'Aragon de nous avoir consacré un peu de son temps précieux, déclara-t-elle donc d'un ton ferme. Je suppose cependant qu'aucun d'entre nous ne voudrait abuser de sa gentillesse… Mesdames et messieurs, j'espère que cette visite vous a plu. Ceux qui sont venus en autobus sont attendus à la porte est du château. Je vais vous y accompagner. Mais avant, je propose que nous remerciions tous le vicomte d'Aragon.

Elle applaudit, satisfaite que le groupe tout entier se joigne à elle. Grâce à l'extraordinaire acoustique de la salle, le claquement des applaudissements résonna longtemps. Avec un sourire et un salut de la main, le vicomte s'apprêta à se retirer. Il fit en sorte de se rapprocher de Kirsten, pour gagner la sortie.

— Veuillez me retrouver dans le bureau des œuvres d'art, quand vous en aurez fini, lui glissa-t-il à l'oreille.

La jeune femme ne fut guère surprise par cet ordre à peine déguisé. Elle eut toutefois du mal à continuer de sourire, tandis qu'elle raccompagnait le groupe. Romain Sevrin faisait partie du conseil d'administration du Blason de Merrisand. Même s'il ne participait à aucun de ces conseils, il n'en restait pas moins son supérieur.

Il allait sans doute lui reprocher d'avoir attiré l'attention sur lui, et elle était bien consciente de mériter ces remontrances. Elle avait toutes les raisons d'en vouloir au vicomte, mais ces raisons-là étaient personnelles et ne justifiaient en aucun cas un tel manque de professionnalisme de sa part.

Comme elle rapportait dans son bureau le petit micro qu'elle utilisait pendant les visites et les notes qu'elle ne consultait presque jamais, la jeune femme se rappela la première fois qu'elle avait entendu parler de Rowe Sevrin. Elle était, à cette époque-là, stagiaire au château, et essayait de mener à bien ses études tout en s'efforçant de veiller sur l'éducation de sa jeune sœur, d'un naturel assez capricieux.

Le jour où Natalie lui avait fait part de sa grossesse, elle avait bien été forcée d'admettre son échec dans ce domaine.

Kirsten savait que sa cadette était une adepte des courses automobiles qui se déroulaient non loin du château, sur le circuit d'Angel Falls. Mais elle avait choisi de ne pas accorder trop d'importance à ce qu'elle considérait comme une lubie de sa sœur. Si elle l'ignorait, Natalie finirait par s'en détourner d'elle-même. La jeune fille ne lui avait cependant jamais laissé entendre qu'elle portait un intérêt particulier à quelqu'un travaillant dans ce milieu.

16

— J'attends de toi que tu me fournisses quelques explications, lui avait-elle dit d'une voix qui se voulait posée.

A quoi bon exprimer ses griefs ? Depuis que leurs parents avaient trouvé la mort, peu de temps avant que Kirsten ne fête son vingtième anniversaire, elle avait redouté de compliquer davantage encore l'existence de Nat en se montrant trop autoritaire. Si elle avait imposé des règles plus strictes, ce regrettable incident de parcours se serait-il produit ?

Mais il était trop tard pour s'interroger sur le sujet. Au cours de leur conversation, Natalie lui avait avoué que le père de son enfant était le pilote de course Rowe Sevrin. Dans un premier temps, Kirsten n'y avait pas cru. Comment un champion de Formule 1, membre de la famille royale de surcroît, pourrait s'intéresser à une toute jeune fille comme Natalie ?

Il avait cependant bien fallu, à ce moment-là, qu'elle ouvre les yeux : sa sœur était peut-être encore une jeune fille, mais elle avait beaucoup mûri depuis la disparition de leurs parents. Elle ne s'habillait plus, ne parlait plus, ne se comportait plus comme une adolescente mais comme une adulte. Une adulte aux allures aguichantes, qui attirait les hommes.

Même Rowe Sevrin ?

17

Kirsten avait fini par admettre que sa sœur n'avait aucune raison de lui mentir. Elle avait alors éprouvé un profond sentiment de colère à l'égard du vicomte, qui avait joué un rôle si peu glorieux dans cette affaire. Il n'avait lui-même que vingt-deux ans à ce moment-là, mais aurait néanmoins pu se montrer… ne serait-ce que plus prudent ! Car même si Natalie paraissait plus que son âge, et même si elle avait atteint la majorité, elle n'était encore qu'une enfant. Une enfant qui se remettait mal de la perte de ses parents.

Lorsque Kirsten lui avait suggéré d'appeler le vicomte, afin de l'informer du cours particulier des événements, Natalie s'y était farouchement opposée.

— Bon nombre de femmes seraient enchantées d'avoir une relation avec un membre de la famille royale, avait insisté Kirsten.

La réponse que lui avait alors fournie sa sœur l'avait laissée stupéfaite.

— Bon nombre de femmes ne se seraient pas présentées sous un faux nom. Et bon nombre de femmes n'auraient pas prétendu prendre la pilule !

Kirsten avait insisté pour en savoir davantage, et Natalie avait fini par lui avouer toute la vérité : elle avait réussi à s'infiltrer dans une soirée où l'équipe

18

de Rowe célébrait une victoire. Lorsque les hommes de la sécurité postés à l'entrée lui avaient demandé son nom, elle avait donné une fausse identité.

A en croire Natalie, Rowe lui-même se tenait un peu en retrait des festivités, sur la terrasse proche de l'entrée. Il était intervenu personnellement afin qu'on la laisse passer. Après avoir franchi le seuil, elle s'était avancée vers lui pour le remercier, et avait remarqué à quel point il avait l'air triste. Ils avaient commencé à parler, et elle en était arrivée à lui faire part de son propre chagrin. Il lui avait alors proposé de rester dîner avec lui, à la fin du cocktail.

Et elle était désormais enceinte.

Mais elle refusait de l'en informer, comme le lui suggérait Kirsten. Elle ne voulait pas qu'il la soupçonne d'avoir cherché à le piéger, en lui laissant croire qu'elle était sous contraceptifs.

Kirsten avait toutefois insisté, encore et encore. Elle regrettait bien sûr que sa sœur se trouve dans une situation si difficile, mais persistait à penser que Rowe était en droit de savoir que la nuit qu'ils avaient passée ensemble allait se solder par une naissance.

Quand Natalie avait enfin consenti à lui téléphoner, on lui avait annoncé qu'il était déjà parti avec son équipe sur le lieu du prochain circuit. Habitué comme il l'était à collectionner les aventures, songea Kirsten, il avait sans doute déjà oublié la jeune fille qu'il avait tenue quelques heures dans ses bras.

Comme elle travaillait alors au château en qualité de stagiaire, elle avait réussi à se procurer les coordonnées du vicomte, et avait de nouveau insisté pour que Natalie l'appelle. Mais les messages laissés par sa cadette étaient tous restés sans réponse, et elle en était arrivée à l'obliger à écrire. Elle avait même menacé Natalie de s'en charger personnellement.

La lettre avait donc été envoyée. Et elle était elle aussi restée sans réponse.

Kirsten et Natalie avaient appris par la suite que le jeune vicomte avait abandonné la course automobile pour créer une entreprise chargée d'organiser des événements de grande envergure. Compte tenu de ses nombreuses relations, cette affaire avait aussitôt connu un important succès, et Rowe s'était vite retrouvé à la tête d'un commerce florissant.

Lorsque l'adorable Jeffrey était né, Kirsten avait émis l'idée de contacter de nouveau l'ex-coureur automobile. Mais cette fois, Natalie avait refusé fermement, déclarant qu'elle ne voulait avoir aucune relation avec un homme capable d'ignorer la naissance de son propre enfant.

Cependant, la jeune fille ne s'était guère mieux

acquittée de son rôle de parent. Elle n'avait pas tardé à confier de plus en plus souvent le bébé à sa sœur, pour reprendre sa vie de célibataire. Sa malheureuse expérience ne l'avait en rien assagie, et elle s'était vite remise à hanter les circuits automobiles. Kirsten avait à maintes reprises remercié le ciel que Rowe ne fréquente plus ce milieu. Du moins, sa sœur ne se heurterait pas à l'indifférence qu'il ne manquerait pas de lui témoigner si le hasard les plaçait l'un en face de l'autre.

A cette époque-là, elle aurait dû inciter sa cadette à assumer ses responsabilités à l'égard du bébé, elle le savait. Mais elle n'avait pas le cœur à rappeler à l'ordre celle que la vie n'avait pas épargnée. Elle s'était donc arrangée pour jongler avec ses horaires, afin de terminer ses études tout en travaillant au château et en consacrant le plus de temps possible au petit Jeffrey. Elle essayait de se convaincre que, avec le temps, Natalie deviendrait une bonne mère.

Mais ce fut le temps, précisément, qui leur manqua. Alors qu'elle assistait à des essais précédant un grand prix, Natalie avait été fauchée par un pilote qui avait perdu le contrôle de son véhicule. Elle était morte sur le coup.

Jeffrey était alors âgé de six mois à peine. A présent, il avait six ans. Sans lui, Kirsten n'aurait peut-être pas réussi à surmonter cet autre deuil, survenu si peu de temps après le décès de leurs parents. Mais le bébé avait besoin qu'on s'occupe de lui, et cette nécessité absolue avait pris le dessus sur son chagrin.

Pour lui, elle s'était battue, avait accéléré ses études grâce à des cours par correspondance, et obtenu son diplôme de conservatrice d'œuvres d'art quelques jours à peine avant le premier anniversaire du petit garçon. Bien qu'il fût trop jeune pour apprécier ses efforts, elle avait à cette occasion préparé un magnifique gâteau au chocolat, dans lequel elle avait planté une bougie. Son plaisir avait néanmoins été terni par le souvenir de tous ses proches récemment disparus.

Jeffrey était donc devenu sa seule famille, tout comme elle était désormais sa seule famille à lui aussi. Il ne connaissait d'autre mère qu'elle. Et, par son silence, Rowe avait perdu tout droit de regard sur la vie du petit garçon. S'il avait rappelé Nat, s'il avait répondu à sa lettre, Kirsten ne se serait certainement pas opposée à ce qu'il participe à l'éducation de Jeffrey. Mais savait-il seulement que sa jeune conquête avait une sœur, qui jouait aujourd'hui à plein temps le rôle de mère ?

Au moment de l'accident qui avait coûté la vie à

Nat, Rowe s'était déjà retiré du milieu de la course automobile. Il avait sans doute eu vent du décès de la jeune fille, sans toutefois y accorder trop d'importance. Après tout, elle n'était pour lui qu'une aventure d'un soir. Lorsqu'elle lui avait écrit, Nat lui avait révélé son véritable nom, mais il était bien possible qu'il l'ait vite oublié et qu'il n'ait établi aucun lien entre elle et l'article de journal paru au moment du terrible accident.

Avant celui-ci, il n'avait en tout cas jamais pris la peine de se manifester. Pas même pour savoir s'il était père d'une fille ou d'un garçon.

Kirsten en était là de ses pensées lorsque son regard se posa sur l'horloge de son bureau, la faisant sursauter. Vingt minutes s'étaient écoulées depuis qu'elle avait abandonné le groupe de touristes. Dès son arrivée dans la pièce, elle avait enlevé les escarpins qui la faisaient tant souffrir. Grimaçant, elle baissa les yeux sur ses pieds rougis. Elle n'avait pas de chaussures de rechange au château, et devrait remettre celles-ci pour rejoindre Rowe Sevrin, qui commençait certainement à s'impatienter.

A contrecœur, elle se rechaussa et réprima un petit cri. Elle espérait que l'entretien avec le vicomte serait bref. Elle pourrait ainsi passer chercher Jeffrey à l'école du château puis rentrer chez eux. Elle avait hâte de se reposer. Léa Landon, la conservatrice en chef du château, se trouvait à l'heure actuelle en Europe pour une exposition itinérante des trésors de la Couronne, et il lui incombait donc d'assumer seule toutes les tâches d'habitude partagées. Pourquoi avait-il fallu que Rowe choisisse justement ce jour-là pour faire son apparition ?

Ce jour-là ou un autre... quelle importance ? Compte tenu du lamentable épisode qu'il avait vécu avec Nat, elle aurait préféré ne pas le voir du tout. Jamais.

2

Rowe arpentait le bureau de long en large. La réaction qu'avait provoquée en lui la femme avec laquelle Maxim lui avait dit qu'il devrait travailler ne manquait pas de l'étonner. Heureusement que son royal cousin n'avait pas assisté à la scène… Il aurait sans nul doute remarqué un comportement étrange de sa part face à Kirsten Bond, et se serait fait un plaisir de le taquiner.

Elle était jolie, certes, mais il avait eu des aventures avec des femmes bien plus attirantes qu'elle lorsqu'il était pilote de course. Cependant, il percevait en elle quelque chose de particulier, qu'il avait du mal à cerner. Peut-être avait-il été séduit par la passion dont elle témoignait lorsqu'elle parlait du château et des œuvres d'art qu'il abritait ?

Etant lui-même d'un naturel passionné, il avait apprécié sa verve débridée. En ce moment, il s'imaginait l'invitant à dîner, l'écoutant parler de ce qu'elle aimait, puis lui parlant à son tour de sujets qui lui tenaient à cœur.

Cette pensée le fit tiquer. Que signifiait ce brusque intérêt pour cette inconnue ? N'avait-il pas décidé, de son propre chef, d'éviter pendant quelque temps toute relation de cette nature ? Jusqu'ici, il avait en effet eu tout le loisir de constater que ses conquêtes s'intéressaient, pour la plupart, au moins autant à son titre de noblesse qu'à lui-même !

Un soupir franchit ses lèvres. Pourquoi ne pas s'avouer la vérité ? Il en avait assez d'investir de l'énergie dans des histoires qui ne le menaient nulle part. A l'âge de vingt-neuf ans, il avait presque renoncé à trouver la femme qu'il voudrait épouser, celle avec laquelle il voudrait fonder une famille.

Il n'envisageait pas pour autant de rester célibataire, mais jusqu'ici, ses rencontres avec le sexe opposé s'étaient limitées essentiellement à des échanges physiques. Les jeunes femmes que le destin plaçait sur sa route semblaient d'ailleurs se satisfaire autant que lui de ce style de rapport. Et qui sait, peut-être serait-ce ainsi qu'il croiserait celle qui lui était destinée ? Quelquefois, ce que l'on désirait le plus ardemment arrivait au moment où l'on s'y attendait le moins.

En supposant qu'il le désire ardemment…

26

Mais il s'égarait ! Ces considérations n'étaient en rien liées à Kirsten Bond. En outre, vu la façon dont elle l'avait accueilli, lui porter autant d'intérêt relevait de l'absurde.

Elle l'intriguait, voilà pourquoi elle occupait à ce point ses pensées. Il y avait bien sûr le brio dont elle avait fait preuve durant cette fin de visite, mais aussi l'assurance toute naturelle qui émanait d'elle. A la voir évoluer avec tant d'aisance dans le palais, on n'aurait jamais imaginé qu'elle n'y soit qu'une employée. En tout cas, elle ne semblait guère impressionnée par son titre, elle ! Et cette attitude distante à son égard représentait un défi qu'il comptait bien relever.

Avec un petit soupir, il s'installa au bureau et pianota sur l'ordinateur. Son mot de passe lui permit d'avoir accès à la liste des membres du personnel du château. Quelques secondes plus tard s'affichaient sur l'écran plat la photo de Kirsten Bond, ainsi que son curriculum vitæ.

Elle était vraiment ravissante, songea Rowe face au portrait. A l'époque où la photo avait été prise, elle avait les cheveux plus courts. Pareilles à un halo de feu, ses boucles rousses auréolaient un visage aux traits délicats. Il y avait en elle quelque chose de pur, d'innocent, comme si elle avait réussi à éviter jusqu'ici les vicissitudes de l'existence. Elle évoquait en fait l'inverse des femmes qu'il avait coutume de fréquenter, et lui faisait l'effet d'un bol d'oxygène.

Etait-ce cela qui l'attirait en elle ? Car il était bien forcé de s'avouer qu'elle l'attirait…

Comme il lisait son CV, il se figea en découvrant qu'elle avait un enfant de six ans. Pourtant, qu'y avait-il là d'étonnant ? Toujours d'après le CV, elle avait vingt-sept ans, et il était bien normal qu'une jeune femme aussi jolie ne soit plus libre. Il devrait d'ailleurs s'en réjouir. Du moins, ainsi, ne serait-il pas tenté de fantasmer !

Mais il n'était pas au bout de ses surprises. Deux lignes plus loin, il découvrait que Kirsten Bond avait un statut de célibataire. Elle n'était pas veuve. Ni divorcée.

Songeur, il se laissa aller contre le dossier de son fauteuil et se frotta le menton. L'imaginer mariée l'avait contrarié, il en convenait. Mais que ressentait-il à présent, la sachant libre et pas aussi innocente qu'elle en avait l'air ?

Un sourire se dessina sur ses lèvres. Il en était tout bonnement enchanté ! Ces nouvelles données lui ouvraient des horizons…

Un petit coup frappé à la porte interrompit le cours de ses pensées. Il n'eut que le temps d'appuyer sur une touche pour faire disparaître le portrait de la jeune femme.

Kirsten était entrée sans attendre de réponse, et au regard qu'elle lança à l'ordinateur, il se demanda si elle n'avait pas eu le temps de voir son propre portrait. Son expression impassible ne laissait cependant rien transparaître.

Décidément, Kirsten Bond représentait pour lui un véritable défi.

Rowe Sevrin était-il en train d'examiner son CV et sa photo lorsqu'elle était entrée, ou bien son imagination lui jouait-elle des tours ? se demanda Kirsten. La façon dont il la scrutait en ce moment même l'incitait pourtant à penser qu'elle ne se trompait pas.

Mais pour quel motif aurait-il voulu lire son CV ? Et si… ?

Un frisson glacé la parcourut tandis qu'elle osait aller jusqu'au bout de sa pensée. Et s'il avait découvert qui elle était ? S'il souhaitait revendiquer ses droits ?

Ce ne serait pas si facile. Peu après la naissance de Jeffrey, Natalie avait pour une fois assumé ses responsabilités maternelles, et décidé de rédiger un testament. Dans celui-ci, elle nommait Kirsten tutrice légale de son fils, au cas où il lui arriverait malheur. Rowe ne pourrait donc imposer sa présence qu'après une sévère bataille juridique.

Cette pensée la fit frémir. Dotée d'un tempérament plutôt raisonnable, Kirsten n'avait pas de réels soucis financiers, mais elle savait que ce genre de conflit coûtait très cher. Pour le commun des mortels, tout au moins, car il était bien possible que Rowe Sevrin trouve dérisoire le coût d'un long procès.

Il la dévisageait, un étrange sourire aux lèvres, et elle s'empressa de détourner le regard. Comment était-il possible qu'elle soit si sensible au charme du vicomte d'Aragon, alors qu'elle aurait dû se méfier de lui comme de la peste ? Le rôle qu'il avait joué dans la vie de sa sœur n'était guère reluisant. Et elle avait de lui l'image d'un homme égocentrique, volage, qui s'arrangeait en outre pour que rien ni personne n'entrave sa liberté.

En bref, c'était un homme qui ressemblait à son père.

Félix Bond, artiste de son métier, était lui aussi très séduisant, et s'était maintes fois servi de son physique et de son charisme pour attirer dans ses filets de toutes jeunes femmes. Kirsten pensait que sa mère avait toléré ces incartades pour leur épargner un divorce, à Natalie et à elle. Cela n'expliquait cependant pas qu'elle soit restée avec lui lorsque ses filles avaient atteint l'adolescence. Il était en effet peu probable qu'elle ait cru Félix, quand celui-ci jurait n'aimer qu'elle au monde.

Encore que… Il aurait été capable de charmer des branches d'arbres ! Pendant des années, Kirsten elle-même avait cru que les peintures de son père étaient en avance sur leur temps, et qu'il ne pouvait pas gâcher son talent en effectuant de vulgaires besognes alimentaires. Mais elle avait déchanté à l'âge de seize ans, quand « on » lui avait dit qu'elle devait quitter le lycée et chercher un emploi. Son rêve de devenir un jour écrivain s'était écroulé, face à la nécessité de travailler pour subvenir aux besoins de sa famille.

Elle avait cependant eu la chance d'être embauchée par une salle de vente spécialisée dans les œuvres d'art, et c'est à ce moment-là que lui était venue l'idée de devenir conservatrice. Son patron l'avait encouragée dans cette voie, lui conseillant de suivre des cours du soir, et la chargeant d'estimer les toiles et objets précieux qui leur étaient confiés.

Décidée à s'installer dans son propre appartement, elle ne l'avait cependant pas fait car sa mère avait décrété qu'elle n'était pas encore prête à voler de ses propres ailes. Kirsten occupait donc toujours le foyer familial ce funeste après-midi où avait éclaté un violent orage.

En dépit des conditions météorologiques, Félix avait insisté pour que sa femme le conduise à une galerie d'art située à quelques kilomètres de chez eux, afin qu'il puisse y déposer un tableau et participer à un concours sur le point d'être clos. Sa mère n'avait aucune envie d'y aller, Kirsten s'en souvenait très bien. Mais comme d'habitude, son père avait eu le dernier mot et ils étaient partis. Ils n'étaient jamais revenus. Un arbre déraciné par la tempête s'était abattu sur leur véhicule. Kirsten et Natalie, qui n'avaient d'autre famille que leurs parents, s'étaient alors retrouvées seules au monde.

Après cela, l'expérience professionnelle de Kirsten et les connaissances qu'elle avait acquises durant les cours du soir lui avaient permis de suivre un cursus accéléré à l'université. Très vite, elle avait obtenu le diplôme qu'elle briguait, celui de conservatrice d'œuvres d'art. Et elle avait alors décidé qu'elle n'avait nul besoin dans son existence d'un homme qui ressemble à son père.

Cette sage résolution n'empêcha toutefois pas son cœur de battre plus fort lorsque Rowe lui adressa un sourire éclatant. Un sourire auquel elle ne s'attendait pas, vu l'accueil qu'elle lui avait réservé quand il s'était joint au groupe de visiteurs.

— Je vous dois des excuses, dit-il après l'avoir invitée à prendre place dans l'un des fauteuils club qui faisaient face à son bureau.

Etonnée, elle haussa un sourcil.

— Ah ?

— Je n'aurais pas dû arriver sans crier gare. De toute évidence, mon apparition vous a déstabilisée.

Il n'imaginait pas à quel point…, songea la jeune femme.

— Ce n'est pas très grave, répliqua-t-elle néanmoins. Les visiteurs étaient enchantés de rencontrer un membre de la famille royale.

— Aussi enchantés que vous l'étiez lorsque vous leur avez révélé mon identité ?

— N'y voyez là rien de personnel, Votre Altesse.

— Vraiment ? insista-t-il en posant sur elle un regard perçant. Quand vous m'avez vu, j'ai pourtant eu l'impression que vous auriez préféré être confrontée à Jack l'Eventreur !

Comme elle pouvait difficilement prétendre le contraire, Kirsten croisa les mains et les fixa.

— Nous ne nous sommes jamais rencontrés.

Après tout… qui me dit que vous n'êtes pas Jack l'Eventreur ?

La tête renversée en arrière, Rowe partit d'un grand éclat de rire.

— Vous êtes une véritable bouffée d'air frais, Kirsten Bond ! Nous ne nous connaissons pas, mais vous me plaisez déjà beaucoup.

Kirsten sentit ses joues s'enflammer. C'était la première fois de sa vie qu'on lui parlait de la sorte. D'autres femmes auraient succombé au charme du séduisant vicomte. Mais pas elle.

— Vous ne me connaissez pas, en effet, déclara-t-elle d'un ton sec.

Si elle pensait l'intimider, elle en fut pour ses frais.

— Assez en tout cas pour percevoir l'enthousiasme que soulèvent en vous le château et ses trésors, répondit Rowe avec un sourire. C'est précisément ce qui me plaît en vous, Kirsten.

Déroutée, elle avala sa salive.

— Ecoutez, je…

— Détendez-vous. Nous nous sommes tous les deux trompés. Moi en croyant qu'il me suffirait de vous écouter pour me refamiliariser avec le château, et vous en attribuant à d'autres raisons l'intérêt que je vous porte. Dans ces conditions, pourquoi ne pas reprendre depuis le début ?

« A quoi bon ? » se demanda-t-elle, sans pour autant oser formuler sa pensée.

— Si vous y tenez, Votre Altesse…

— Pour commencer, je suggère que vous abandonniez les cérémonies. Je m'appelle Rowe.

Se serait-il douté qu'elle utilisait ce titre pour établir entre eux une certaine distance ? Il ne paraissait en tout cas guère disposé à tenir compte de son souhait.

— Très bien. Ce sera donc Rowe, soupira-t-elle.

— A en juger par votre réaction, Max ne vous a pas informée du motif de ma présence ici.

Rowe faisait allusion à son cousin, le prince Maxim, qui dirigeait le château et occupait aussi le poste d'administrateur de la Fondation Carramer, organisme de bienfaisance du château.

— Le prince envisageait sans doute de m'en parler à notre réunion hebdomadaire, qui aura lieu demain, déclara Kirsten. En ce moment, je remplace ma supérieure, Léa Landon.

— Qui est en voyage, pour exposer une partie de la collection dans les principales villes d'Europe, ajouta Rowe, apparemment bien informé. Je comprends que mon arrivée vous ait surprise à ce point. Vous ignoriez que j'occuperais son bureau jusqu'à son retour.

Kirsten porta la main droite à sa tempe, où commençait à poindre une migraine.

— Vous allez… remplacer Léa ?

— J'aurais beaucoup de mal à le faire ! s'exclama Rowe. Une tête d'épingle contiendrait toutes mes connaissances artistiques sur le château !

La jeune femme doutait que ce fût vrai, mais se réjouit néanmoins de ne pas avoir à travailler sous les ordres du jeune vicomte, même de façon temporaire.

— Vous avez l'air de vous interroger sur le motif de ma présence à Merrisand, continua Rowe. Je ne vous ferai donc pas languir plus longtemps. Je suis à la tête d'une entreprise chargée d'organiser d'importants événements.

— Comme les Olympiades d'hiver, observa-t-elle, souhaitant ainsi lui montrer qu'elle était au courant de ses activités.

Il aurait été surpris de découvrir tout ce qu'elle savait à son sujet. Rien qui soit bien digne d'éloges, à vrai dire.

— Exact, fit-il avec un hochement de tête. Max

pense que le château a besoin de ce genre de manifestation pour augmenter les revenus de Merrisand.

Kirsten ne chercha pas à cacher son étonnement.

— Je croyais que… tout allait bien.

— Disons que ça pourrait aller mieux, répondit Rowe en haussant les épaules. De nos jours, les demandes d'aides d'organismes pareils à la Fondation Carramer ne cessent d'augmenter. L'argent récolté par les collectes, les expositions d'œuvres d'art à l'étranger et les achats de visiteurs dans la boutique de souvenirs suffisent à peine. Il faut trouver un moyen de renflouer les caisses, sans quoi nous devrons restreindre les activités de bienfaisance du château.

Abasourdie, Kirsten cligna des paupières. Jamais elle n'avait imaginé que Merrisand se trouve un jour en difficulté. Assez, en tout cas, pour envisager de limiter les dépenses à visée caritative.

— Je ne me doutais pas que…, commença-t-elle d'une voix hésitante.

— *Personne* ne se doute de quoi que ce soit, et je compte sur vous pour ne pas divulguer l'information. Les gens sont toujours prêts à soutenir un organisme qui leur paraît florissant.

— « On ne prête qu'aux riches », c'est bien connu, répondit Kirsten.

— Absolument. Qui plus est, le château n'est pas ruiné, loin de là. Max se borne à anticiper, rien de plus.

— Mm… Et quel genre de projet a-t-il en tête ?

Elle ne voyait pas ce qui pourrait être fait de plus pour augmenter les revenus du château.

— Il m'a confié le choix de ce projet, et je pense qu'une course cycliste serait tout à fait adaptée à la situation.

Face à l'air de plus en plus dérouté de son interlocutrice, Rowe enchaîna :

— Une course internationale, qui réunirait les plus grands noms du cyclisme aussi bien que de jeunes talents, et se déroulerait sur les terres de Merrisand. A eux seuls, les droits de retransmission télévisée rapporteraient des millions à la Fondation.

La vision d'une horde de cyclistes roulant autour — et, probablement aussi, à travers — les magnifiques jardins si bien entretenus fit frissonner Kirsten. A cette image se superposa celle de sa jeune sœur, acclamant le passage des pilotes de Formule 1 et se faisant percuter par un bolide.

— Vous… ne parlez pas sérieusement ? demanda-t-elle.

— Bien sûr que si. Pourquoi ? Ça vous dérange qu'un événement sportif se déroule au château ?

Déranger était un euphémisme !

— J'ai du mal à croire que le prince Maxim soit prêt à accueillir ce genre de manifestation, qui, à mes yeux, relève presque de… la profanation.

— N'exagérons rien, rétorqua Rowe avec aplomb. Je n'ai quand même pas l'intention de démolir au bulldozer ces magnifiques vieux bâtiments pour laisser la voie libre aux cyclistes ! La course aura lieu entre les différents édifices, ainsi que dans les parties boisées. Suite à quoi, tout redeviendra exactement comme avant. Vous savez, des courses pareilles se sont déroulées à Rome, tout près du Colisée, et personne n'a considéré cela comme une hérésie.

Kirsten se leva et réprima une grimace. Ce mouvement brusque lui avait rappelé son mal aux pieds.

— Puisque tout semble décidé, je ne vois pas en quoi je pourrais vous être utile…

— C'est vous qui allez m'aider à réaliser ce projet, énonça calmement le vicomte.

— Je suis conservatrice d'œuvres d'art, pas…

« … l'une de ces groupies qui hantent les manifestations sportives », avait-elle été sur le point d'ajouter. Mais elle se tut. La plaie ouverte par la disparition de Natalie ne s'était toujours pas refermée.

— Je veux dire par là que je ne connais rien au cyclisme, finit-elle.

— En revanche, vous connaissez le château mieux que quiconque — exception faite de Léa Landon, bien entendu. Or, comme celle-ci ne reviendra pas tout de suite…

— Vous oubliez que, dans la mesure où j'occupe ses fonctions durant son absence, je ne suis pas très disponible, répliqua Kirsten.

Rowe se leva à son tour et, avec des mouvements de félin, se rapprocha de la jeune femme. En dépit de la hauteur de ses talons, Kirsten était beaucoup plus petite que lui, et devait redresser la tête pour le regarder dans les yeux.

— Je ne crois pas avoir fait appel au volontariat, déclara-t-il d'un ton ferme.

— En d'autres termes… si je ne vous aide pas à organiser cette course, il se pourrait bien que je perde mon poste ?

— C'est vous qui le dites, pas moi, répondit-il.

Romain Sevrin était bel et bien aussi égocentrique qu'elle l'avait toujours imaginé. Il avait décidé qu'elle l'aiderait, et, de toute évidence, il attendait d'elle qu'elle se plie à son désir.

— Qui s'occupera de la galerie, planifiera les nouvelles expositions et dirigera les visites ?

40

— D'après Max, vous êtes entourée d'une équipe de gens compétents, tout à fait aptes à remplir votre rôle en certaines occasions. Les visites, par exemple…

— Il se trouve justement que les visites me sont aussi agréables qu'utiles. La réaction des gens me permet de tester leurs goûts, et m'aide à organiser les prochaines expositions.

— Dans ce cas, continuez à vous charger des visites et déléguez d'autres tâches qui vous plaisent moins.

A le voir, le sentir si proche d'elle, Kirsten avait du mal à se rappeler qu'elle le détestait. Qu'elle détestait tout ce qu'il représentait. Et qu'elle détestait aussi ce projet de course cycliste, même si elle devait en reconnaître le bien-fondé. De fait, si la Fondation Carramer manquait de moyens, elle ne serait pas en mesure de poursuivre son but.

— Il semblerait que je n'aie pas le choix, fit-elle du bout des lèvres.

— C'est exact.

Rowe se rapprocha davantage encore d'elle, et elle retint son souffle. Quelques centimètres à peine les séparaient à présent. Kirsten sentit sa gorge se nouer. Et si… si Rowe cherchait à l'embrasser ? Comment réagirait-elle ? Elle se plaisait à penser qu'elle le giflerait, mais n'en était pas si sûre. Car en dépit de tout ce qu'elle savait de cet homme, il exerçait sur elle son charme légendaire. Elle se surprenait déjà à imaginer le contact de sa bouche charnue sur la sienne…

Au moment même où cette pensée la faisait tressaillir, il lui prit la main et la porta à ses lèvres, sans la quitter du regard. Il s'agissait là d'un simple geste de courtoisie, que les membres de la famille royale accomplissaient fréquemment. Un geste qui, donc, ne signifiait rien de particulier. Pourtant…

— Je me réjouis que nous ayons trouvé un terrain d'entente, lui dit-il.

Elle ne répondit pas. Les dés étaient jetés.

Désormais, elle ferait en sorte de ne pas oublier que Romain Sevrin était un être volage. Autant que l'avait été son père.

3.

— Votre silence est éloquent, reprit le jeune vicomte. A vos yeux, je ne suis qu'un vandale culturel.

Kirsten prit plaisir à lui renvoyer son expression :

— C'est vous qui le dites, pas moi.

— Un point partout ! s'exclama-t-il en riant. Pendant que nous travaillerons ensemble, j'espère que vous comblerez mes lacunes en la matière. Je compte sur vous pour me parler des collections, du château.

Elle qui pensait le voir le moins possible…

— Je ne devrais rien avoir à vous apprendre dans ce domaine, répliqua-t-elle. Vous avez grandi ici, n'est-ce pas ?

— Non.

Sa réponse avait été brève, sèche. Et ses traits s'étaient soudain rembrunis.

Mentalement, la jeune femme se représenta l'arbre

généalogique des de Marigny. La grand-mère de Rowe était la sœur du grand-père du monarque actuel de Carramer.

— Etant le fils d'Angélique et de James…

— Si vous connaissez si bien l'histoire de ma famille, vous devez savoir aussi que mon père a disparu en mer quand j'avais huit ans, alors qu'il faisait de la plongée, et qu'on n'a jamais retrouvé son corps, l'interrompit-il.

Elle était en effet au courant de cette histoire tragique. Certaines personnes persistaient à penser que le précédent vicomte d'Aragon, James Sevrin, était toujours en vie quelque part, et qu'il travaillait pour un organisme d'espionnage, à la solde d'un autre pays. Elle n'adhérait pas, quant à elle, à cette interprétation fantaisiste des faits, et pensait plutôt qu'il avait été emporté par l'un des redoutables courants qui sévissaient sur les côtes de Carramer.

— Ce fut un drame terrible, murmura-t-elle.

Après avoir reculé d'un pas, il la fixa, un sourcil levé.

— Pas un complot international ?

— Je ne crois pas.

— Dans ce cas, vous appartenez à une minorité. Après la disparition de mon père, ma mère m'a emmené vivre dans l'une des principautés de la province de Valmont. Elle a veillé à ce que je reçoive une éducation digne de mon rang, mais n'a jamais voulu revenir au château. Elle espérait ainsi échapper aux rumeurs qui couraient sur mon père — rumeurs qui ont pourtant fini par arriver jusqu'à Valmont.

Kirsten, qui avait eu sa part de chagrin dans l'existence, savait ce que signifiait un deuil familial. Elle imaginait ce qu'avait ressenti Rowe, enfant. Non content de perdre son père, il avait sans nul doute entendu des commentaires peu flatteurs sur celui-ci, et essuyé maints regards et remarques blessants.

— Je suis désolée, dit-elle à voix basse.

— Bizarre, railla-t-il. Vous avez l'air presque sincère…

La jeune femme fut prompte à réagir.

— Je le suis ! Libre à vous de me croire ou pas, mais il se trouve que j'ai moi aussi perdu des êtres chers. Et ce n'est jamais facile, quel que soit son rang, quelles que soient les circonstances.

Il acquiesça et se détourna, exposant ainsi son beau profil.

Romain Sevrin n'avait peut-être pas grandi entre les murs du château, mais tout en lui reflétait la noblesse : sa façon de se tenir, de parler. Il avait en lui cette assurance, cette élégance, dont est parfois démuni le commun des mortels.

— Dans ces conditions, j'aurais pensé que vous éviteriez de revenir au château de Merrisand, dit-elle doucement.

— Ça ne représente pas pour moi une épreuve insurmontable. Max et sa famille nous ont apporté tout leur soutien pendant les moments difficiles, et je m'étais promis de les aider à mon tour le jour où l'occasion se présenterait.

Kirsten hocha la tête, mais décida d'en rester là. Elle ne tenait pas à s'intéresser plus que nécessaire aux problèmes du vicomte d'Aragon. Il n'avait pas ménagé sa sœur, et cela, elle ne le lui pardonnerait jamais. Elle n'avait donc pas envie de s'apitoyer sur son sort. Et moins envie encore d'être sensible à son charme ! Force lui était cependant d'admettre qu'elle allait avoir du mal à le détester.

Plongée comme elle l'était dans ses pensées, la voix de Rowe la fit sursauter.

— Nous pourrions dîner ensemble pour commencer à tracer les grandes lignes de cette course, proposa-t-il.

La jeune femme avala sa salive. Elle s'imagina soudain assise en face de lui, dans une salle de restaurant à l'atmosphère calfeutrée. Elle l'écouterait, regarderait la flamme des bougies danser dans ses prunelles. Peut-être même lui prendrait-il la main…

Sur le point d'accepter, elle se ravisa soudain. S'ils étaient appelés à travailler ensemble, elle ne devait pas oublier qui il était. Et encore moins la menace qu'il représentait, s'il découvrait un jour son lien de parenté avec Jeffrey.

Penser à l'enfant lui insuffla la force qui lui manquait.

— Je vous remercie pour l'invitation, mais je ne suis pas libre ce soir.

— Vous avez un autre rendez-vous ? insista-t-il, intéressé.

Réprimant son envie de rétorquer que sa vie privée ne concernait qu'elle, elle haussa une épaule et déclara :

— Des obligations familiales, plutôt.

— Ah oui, votre fils.

Elle ne s'était donc pas trompée : il était bien en train de consulter son CV lorsqu'elle l'avait rejoint. Sinon, comment aurait-il su qu'elle avait un fils ?

— En effet. Je dois d'ailleurs passer le chercher à la sortie de l'école dans dix minutes.

Rowe se pencha pour prendre un dossier sur le bureau et le glissa sous son bras.

— Je vous accompagne.

A ces mots, Kirsten se figea. Elle ne tenait surtout pas à ce qu'il rencontre Jeffrey.

— Ma journée de travail est terminée depuis une demi-heure, avança-t-elle, espérant ainsi lui faire comprendre qu'elle n'avait pas à rester avec lui.

Imperturbable, il ouvrit la porte et s'effaça pour la laisser passer.

— La mienne aussi. Je loge dans les appartements réservés aux chefs d'Etat. Je passe donc devant l'école pour rentrer chez moi.

Que répondre à cela ? Elle ne pouvait tout de même pas l'empêcher de marcher sur des terres qui lui appartenaient !

Ils s'acheminèrent donc vers l'ancien pavillon de chasse, aménagé depuis quelques années en école. Le joli bâtiment en grès ivoire, orné de maintes fenêtres ouvragées, accueillait les enfants des employés du château. Il était entouré d'un jardin fleuri, occupé en partie par une aire de jeux.

— Je ne voudrais pas vous retarder, dit-elle à Rowe avec un faible sourire.

Mais ce dernier, qui n'avait apparemment aucune envie de la quitter, s'adossa au portail en fer forgé.

— Je ne suis pas pressé. Cet endroit me rappelle une foule de souvenirs.

— Vous avez fréquenté cette école ?

Il hocha la tête.

— Jusqu'à l'âge de sept ans. L'année suivante, je n'ai assisté aux cours qu'en pointillé, à cause de la disparition de mon père. Après notre déménagement, ce sont des tuteurs qui se sont chargés de mon éducation. Et puis j'ai fait mes études secondaires et supérieures à Valmont. Je qualifierai sans hésiter d'excellent l'enseignement pratiqué dans ces établissements, mais je n'ai jamais retrouvé l'ambiance de l'école du château.

Kirsten aimait elle aussi cette école, et se réjouissait que Jeffrey y ait été admis. C'était là l'une des raisons pour lesquelles elle préférait éviter de mettre en péril son emploi au château. Rowe l'avait-il deviné, lorsqu'il lui avait laissé entendre qu'elle courait un risque si elle lui refusait sa coopération ?

Une bouffée de colère monta en elle. Décidément, cet homme semblait prêt à tout pour arriver à ses fins !

— Je suppose que vous avez mieux à faire qu'attendre la sortie d'un groupe d'écoliers, observa-t-elle d'un ton dépourvu d'aménité.

— Certes, mais cela peut attendre. Je voudrais que vous me présentiez votre fils.

La colère céda brusquement la place à la peur en Kirsten. Elle ne voulait justement pas, elle, que Rowe Sevrin rencontre Jeffrey.

Bien sûr, il ignorait tout de sa véritable relation avec le garçonnet. Et en supposant qu'il garde un quelconque souvenir de la lettre envoyée par Natalie, il y avait peu de risques pour qu'il établisse un lien entre Kirsten et la jeune fille. Bond était un patronyme somme toute assez courant.

Elle se passa la langue sur les lèvres. Jeffrey était *son* fils. Rowe n'avait aucune raison d'en douter. Et tant qu'il continuerait d'en être ainsi, l'enfant et elle ne courraient aucun risque.

Elle ne se sentait pourtant pas en sécurité. Pas du tout, même.

D'autres parents commencèrent à arriver. La plupart la saluèrent chaleureusement, mais avec plus de réserve qu'à l'accoutumée, par déférence pour l'homme qui l'accompagnait. Les gens avaient cependant du mal à cacher leur curiosité. Les femmes, surtout, qui lançaient des regards à la dérobée au célèbre et séduisant vicomte.

Malgré elle, Kirsten en ressentit une certaine fierté. Il lui était quelquefois arrivé de regretter que

Jeffrey grandisse dans une famille monoparentale. Elle aurait tant aimé lui offrir une cellule plus classique, plus complète.

Mais Rowe Sevrin n'avait pas sa place dans ce tableau. Elle travaillerait avec lui parce qu'il ne lui en laissait pas le choix. Mais leurs relations ne dépasseraient pas le stade professionnel. Imaginer qu'il puisse jouer un autre rôle dans sa vie la conduirait au désastre.

Les portes de l'école s'ouvrirent, et un groupe d'enfants de six ans guidé par un instituteur apparut. Kirsten repéra aussitôt Jeffrey, à côté de son meilleur ami, Michael, dont le père dirigeait l'équipe chargée de l'entretien des jardins.

Jeffrey leva la tête, vit Kirsten, et son petit visage s'illumina. A ce moment-là, elle ressentit un amour tel pour le garçonnet qu'elle dut se maîtriser pour ne pas courir vers lui, le soulever et le serrer dans ses bras. Elle savait toutefois qu'il se considérait désormais comme un grand, et n'apprécierait pas ce genre d'effusions devant ses camarades.

En voyant le visage de la jeune femme se métamorphoser, pour n'exprimer que fierté et amour maternel, Rowe éprouva un sentiment qui ressemblait à de la jalousie. A l'époque lointaine où il fréquentait lui-même l'école du château, c'était une gouvernante qui venait le chercher à la sortie des classes. Sa mère ne s'était déplacée que le jour où son père avait disparu. Cette image restait pour lui liée à la tragédie. A tel point qu'aujourd'hui encore, s'il la voyait arriver alors qu'il ne l'attendait pas, il était pris d'une angoisse incontrôlable.

Manifestement, le fils de Kirsten n'avait pas ce genre de problème. Vu la façon dont il pressait le pas, le garçonnet aux cheveux bruns avait hâte de retrouver sa mère. Son camarade tout roux courait presque, lui aussi. Il se précipita dans les bras ouverts d'un homme de haute stature, qui portait l'uniforme des employés du château.

— Regarde ce que j'ai fait, p'pa ! s'exclama-t-il, tout fier, en brandissant sous son nez un cerf-volant en papier.

L'enfant brun, qui s'était arrêté devant Kirsten, lui présenta à son tour un objet fait de papier coloré.

— Moi aussi j'ai fabriqué un cerf-volant, maman. On les a fait voler dans le jardin, cet après-midi. Et le mien, c'est celui qui volait le mieux !

— J'en suis certaine, mon cœur, répondit Kirsten.

L'œil luisant, elle s'agenouilla devant le garçonnet et le prit dans ses bras.

Immobile, Rowe assistait à cette scène de retrouvailles. Son regard allait du garçonnet roux, en grande conversation avec l'homme qu'il appelait « p'pa », à Kirsten. Si le fils de la jeune femme ne lui ressemblait pas, aucun doute ne pouvait planer sur la nature du lien qui les unissait l'un à l'autre.

Il réprima un sourire à la vue de l'enfant qui, de toute évidence, cherchait à échapper à sa mère. Il était à un âge où les manifestations d'affection commencent à devenir gênantes. Cette phase, il l'avait lui aussi traversée.

Kirsten lâcha Jeffrey et, avec un sourire pincé, se redressa. Ce fut à ce moment-là seulement qu'elle parut se rappeler la présence de Rowe. Ses joues rosirent, et elle prit la main du petit garçon en un geste que Rowe jugea protecteur. La façon dont il se sentit mis à l'écart ne lui plut pas. Leur première prise de contact avait peut-être été un peu… brutale, il l'admettait. Mais il considérait avoir fait amende honorable, depuis. Qu'attendait-elle encore de lui ? Qu'il se prosterne à ses pieds ?

— Jeffrey, dis bonjour au vicomte d'Aragon, dit Kirsten à son fils. Rowe, je vous présente Jeffrey.

Il eut la curieuse impression qu'elle aurait préféré ne pas se livrer à ces présentations.

53

— Bonjour, monsieur le vicomte d'Aragon, dit poliment l'enfant.

Dans ce genre d'établissement, les écoliers apprenaient très vite comment se tenir face à un membre de la famille royale.

— Bonjour, mon garçon.

Il s'inclina, afin de se trouver au niveau du petit visage, et fut surpris par ce regard. La forme des yeux ourlés de longs cils, leur couleur lui étaient étrangement familières. Cette chevelure noire, épaisse et rebelle, aussi. Enfant, il passait son temps à repousser ses cheveux en arrière. Il se rappelait tout particulièrement un certain rendez-vous avec le roi. Il avait cinq ans et, désespérée par sa coiffure indisciplinée, la gouvernante avait fini par utiliser sa propre bombe de laque pour la dompter.

Il tendit la main au garçonnet, qui la serra solennellement. La différence de taille de leurs deux mains enlacées lui produisit un effet bizarre. S'il avait un fils, il ressemblerait à Jeffrey, il en était sûr. Mais Jeffrey n'était pas son fils. Bien qu'il ait eu par le passé une vie assez dissolue, il n'aurait pas oublié Kirsten, même s'il ne l'avait tenue que quelques heures dans ses bras.

Le garçonnet était-il le fruit d'une brève aventure, ou bien avait-elle décidé de son propre chef d'avoir un enfant et de l'élever seule ? Rowe savait en tout cas que si Jeffrey avait été son fils, il n'aurait jamais pu l'abandonner, quelles que soient les circonstances.

— Je peux regarder ton cerf-volant de plus près ? demanda-t-il.

Jeffrey leva les yeux vers sa mère, quêtant son approbation. Comme celle-ci acquiesçait, il tendit à Rowe l'assemblage maladroit de morceaux de papier.

— Mlle Sims, elle a mis les ficelles, parce qu'on n'a pas encore le droit de se servir de l'agrafeuse.

Réprimant un sourire, Rowe hocha la tête.

— On n'est jamais trop prudent avec les agrafeuses. Il m'est arrivé une fois de m'enfoncer une agrafe dans le pouce, et je m'en souviens encore !

— Ça fait très mal ? demanda Jeffrey.

— Horriblement mal. Et en plus, ça saigne beaucoup. Mais je n'ai pas pleuré.

Kirsten voulait bien le croire. Jeffrey avait sans nul doute hérité de son père cette tendance à cacher ses sentiments.

D'où lui était donc venue cette idée ? Elle ne connaissait cet homme qu'à travers les médias, et ce que lui avait dit de lui Natalie. Elle n'avait donc aucune raison de s'interroger sur sa façon de fonctionner. Aucune raison non plus de trouver des traits de ressemblance entre Jeffrey et lui.

Jeffrey était son fils. A elle et à elle seule.

Jusqu'à quand ?

Ces mots lui vinrent à l'esprit tandis qu'elle les regardait examiner le cerf-volant, têtes jointes.

— Nous devons rentrer, déclara-t-elle, incapable de supporter plus longtemps cette image.

Jamais elle n'aurait pensé se sentir un jour coupable de l'éloignement dans lequel ils vivaient. Après tout, *qui* en était responsable ? Pas elle !

L'enfant paraissait fasciné par le vicomte. Elle retint son souffle lorsqu'elle entendit ce dernier déclarer :

— Ce cerf-volant est trop beau pour rester enfermé dans un placard. Il faudrait le faire voler.

— Oh oui ! On pourrait, maman ? Dis, on pourrait ?

Agacée par Rowe, qui l'avait mise dans une situation si délicate, elle répliqua :

— Le vicomte d'Aragon a, j'en suis certaine, un emploi du temps trop chargé pour s'occuper de ce genre de choses. Nous ferons voler ton cerf-volant tous les deux, toi et moi.

Le sourire de l'enfant s'était crispé.

— Tu sais pas comment il faut faire, déclara-t-il,

la mine boudeuse. Tu t'en souviens, de la fois où tu as cassé mon avion ?

Kirsten ne s'en souvenait que trop. Au Noël précédent, le Père Noël était passé à l'école du château et avait offert à Jeffrey une maquette d'avion. Avec grand soin, elle avait assemblé toutes les pièces. Presque toutes, plutôt, car elle n'avait pas été longue à découvrir qu'elle avait oublié de coller quelques morceaux. Jeffrey, lui, avait jugé ce « détail » insignifiant. Jusqu'au moment où l'avion s'était écrasé par terre, à cinq mètres à peine de l'endroit d'où Kirsten l'avait lancé. Il avait alors bien fallu admettre que les pièces manquantes jouaient un rôle essentiel.

— Cette fois, c'est toi qui feras voler ton cerf-volant, promit-elle.

— Et pourquoi il pourrait pas venir avec nous, le vicomte d'Aragon ?

Se tournant vers le principal intéressé, l'enfant ajouta :

— Vous avez pas trop de travail, non ?

— Si c'était le cas, je n'hésiterais pas à le dire. Mais quoi qu'il en soit, la décision appartient à ta maman, répondit Rowe.

Il adressa un bref regard à ladite maman, avant de reporter son attention sur l'enfant.

— Elle m'en fera part plus tard, au bureau. Vois-tu,

nous sommes appelés à nous revoir souvent puisque nous allons travailler en collaboration. Si elle le veut bien, nous pourrions jouer avec ton cerf-volant samedi prochain.

Jeffrey hocha vigoureusement la tête.

— Oh oui ! C'est une super bonne idée !

— Eh bien, marché conclu.

Pour cacher l'angoisse qu'elle sentait monter en elle, Kirsten prit la main de Jeffrey, qui chercha aussitôt à la lui retirer. Mais elle ne lâcha pas prise. Elle avait besoin de sentir cette petite main dans la sienne. Pour se rassurer, se dire que ce qui fascinait Jeffrey, c'était le statut masculin de Rowe, et rien d'autre. Certes, l'équipe enseignante de l'école du château se composait d'hommes et de femmes, et l'enfant côtoyait les pères de ses camarades, mais il manquait de modèle masculin dans sa vie.

A qui la faute ?

Rowe aurait très bien pu occuper une place de choix dans cette vie, et ce, dès la naissance de l'enfant. Or, il avait préféré ignorer la lettre de Natalie.

Le vicomte marchait toujours à côté d'eux.

— Vous ne rentrez pas chez vous ? lui demanda-t-elle d'un ton sec, peu soucieuse de lui paraître grossière.

— Chez moi, c'est à Solano, la capitale de Carramer.

58

Non que j'y aie beaucoup vécu jusqu'ici..., ajouta-t-il à l'adresse de Jeffrey, avec un petit haussement d'épaules.

— Vous préférez être libre, je suppose.

Comme son père, songea Kirsten. Félix n'avait jamais eu envie de se fixer où que ce soit, lui non plus. La famille déménageait souvent, au rythme des emplois à court terme qu'il occupait. A la mort de leurs parents, elles n'avaient eu aucun endroit où s'installer, Natalie et elle. Aucun héritage, donc, pour Jeffrey. Raison pour laquelle elle était fermement résolue à lui apporter une stabilité qui leur avait manqué, à sa sœur et elle. Et pour ne pas mettre en péril cet environnement stable, elle était prête à collaborer au projet de Rowe Sevrin.

Un jour, elle achèterait une maison. Mais pour le moment, ils étaient heureux ici, et elle ne permettrait pas à Rowe Sevrin de s'immiscer dans cette bulle de bonheur, qu'il risquait de crever.

4.

Les éléments clés du personnel du château étaient logés dans de jolis cottages en pierre, qui formaient une sorte de hameau dans une partie du parc. Les enfants jouaient souvent ensemble dans les espaces verts, et les parents se retrouvaient de temps en temps pour boire le thé. Si ces cottages paraissaient anciens, ils avaient en fait été bâtis par le précédent marquis de Merrisand, qui tenait à ce que ses employés ne vivent pas trop loin du château au cas où il aurait besoin d'eux. Ils y étaient d'ailleurs toujours reliés par une ligne téléphonique directe.

Chaque cottage était entouré d'un jardin, et donnait à l'arrière sur les bois du domaine, où foisonnait une faune sauvage attirée par un cours d'eau. Il s'agissait d'un lieu idyllique. Le soir, Kirsten se plaisait à penser que le cottage et ce superbe environnement lui appartenaient.

— Quel cottage habitez-vous ? s'enquit Rowe, lui

signifiant ainsi son intention de la raccompagner jusqu'à chez elle.

Elle eut un geste vague.

— Celui qui a des rideaux bleus, de l'autre côté du pré. Mais vous n'êtes pas obligé de me raccompagner…

— J'ai remarqué que vous boitez, lui répondit-il d'une voix sereine. Je tiens donc à m'assurer que vous rentrez chez vous sans encombre.

— Tout va bien, je vous assure.

— Comment vous êtes-vous blessée ?

Acculée à la vérité, elle poussa un petit soupir et marmonna :

— Grâce à des chaussures neuves !

— Je me demande pourquoi les femmes s'infligent de telles tortures, dit Rowe avec un air désabusé.

Pour avoir le plaisir de pouvoir regarder des hommes comme vous dans les yeux ! songea Kirsten.

Elle se garda toutefois de formuler sa pensée. D'autant que, même juchée sur ces talons, elle était beaucoup plus petite que lui.

Comme ils traversaient la pelouse, Kirsten consentit à s'avouer vaincue et se déchaussa pour marcher pieds nus dans l'herbe. Jeffrey la regarda, étonné.

— Mes chaussures n'étaient pas très confortables, lui expliqua-t-elle.

— Pauvre maman ! Si tu veux, je te prêterai mon tabouret tortue quand on arrivera à la maison.

Ce tabouret, qui permettait à Jeffrey d'être à hauteur de sa console de jeux, était l'un de ses objets préférés.

— Et comment réussiras-tu à battre Michael, quand vous jouerez à la Planète Noire ?

— On trouvera bien quelque chose, répliqua-t-il avec un petit haussement d'épaules.

Reconnaissant la formule qu'elle utilisait si souvent elle-même, Kirsten sourit.

— J'en suis certaine.

Rowe se tenait tout près d'elle lorsqu'elle sortit son trousseau de clés de son sac. Dès que la porte fut ouverte, Jeffrey entra en trombe.

— Eh bien, il ne me reste plus qu'à vous souhaiter bonne soirée, dit-elle. A demain.

Mais Rowe Sevrin n'était manifestement pas décidé à la laisser en paix.

— Vous avez entendu votre fils. Il faut s'occuper de vous !

— C'est très gentil de vous soucier de mon sort, mais il m'a déjà proposé son tabouret tortue, répliqua Kirsten d'un ton qu'elle espérait ferme.

— Cette proposition risquerait de lui coûter une partie de Planète Noire, insista-t-il avec un petit sourire. Je ne sais pas ce que c'est au juste, mais ce serait grave, non ?

— Il serait transformé en gelée, ou quelque chose dans ce goût-là.

— Vous imposeriez une épreuve pareille à votre fils, au lieu de me permettre de vous aider ?

— Son ami Michael et lui ont été transformés en gelée des tas de fois, et ils ont toujours réussi à s'en sortir !

La tête penchée au-dessus de la jeune femme, il lui sourit.

— J'ai une autre proposition à vous faire. Une proposition plus efficace que le tabouret tortue !

— Merci, ça ira très bien, répondit-elle.

— Vous refuseriez d'être massée par un expert ? Les incidents de ce genre sont monnaie courante dans les courses automobiles. Je suis donc passé maître en l'art de maîtriser ces bobos !

Kirsten sentit sa résistance fondre. La perspective d'un massage des pieds était des plus tentantes, elle devait bien l'admettre.

— Quelques minutes, peut-être…, hésita-t-elle.

— Parfait. Je ne voudrais pas que notre travail soit retardé à cause de simples meurtrissures.

La jeune femme serra les mâchoires. Comment ne s'était-elle pas doutée que les motivations du vicomte étaient purement égoïstes ? Elle regrettait de ne pas s'en être tenue au tabouret tortue ! Mais à présent, il était trop tard. Il lui avait déjà emboîté le pas dans la maison.

La porte d'entrée conduisait directement dans un salon, que jusque-là elle avait toujours trouvé spacieux. Avec Rowe dans la pièce, le plafond lui sembla soudain plus bas, et les murs plus rapprochés.

— C'est charmant chez vous, déclara-t-il avec naturel.

Visiblement très à l'aise, il regardait autour de lui, notant au passage les touches personnelles de décoration : tapis et coussins colorés, meubles peints en blanc, quelques toiles d'artistes locaux.

Kirsten se félicita d'avoir enlevé récemment deux photos de Natalie, dont elle souhaitait faire changer le cadre. Le regard de Rowe se posa enfin sur un bouquet d'orchidées et de fougères. Il s'en rapprocha et le huma avec un plaisir non dissimulé.

— Mm… Quel bonheur ! Il y a à travers le monde tant d'orchidées sans aucun parfum que les senteurs de celles qui poussent à Carramer m'émerveillent toujours.

64

La jeune femme croisa les bras. Puis, comme cette attitude lui paraissait défensive, elle reprit sa position initiale. Pourquoi la présence du vicomte d'Aragon l'inciterait-elle à se tenir sur la défensive ?

— J'avoue n'y avoir jamais trop réfléchi…

Il lui lança un regard légèrement réprobateur.

— Ces fragrances si particulières m'ont beaucoup manqué, à l'époque où j'étais pilote de Formule 1 et où je sillonnais la planète. Comme toutes ces choses qui font partie de notre vie et que l'on remarque à peine, je ne les ai appréciées que quand elles ont disparu de mon quotidien.

Que répondre à cette remarque, qui la touchait bien plus qu'il ne l'imaginait ? Que c'était ce qu'elle ressentait à propos de sa famille ? Elle regrettait tant, aujourd'hui, toutes les occasions manquées de montrer à sa sœur combien elle l'aimait ! Mais il était trop tard, à présent. Quant à son père et à sa mère, ils n'avaient rien d'un modèle de perfection, mais ils étaient ses parents et elle ne se remettrait jamais complètement de les avoir perdus si jeune.

— Je vais voir ce que fait Jeffrey, dit-elle en s'éloignant.

Elle avait hâte d'échapper aux pensées dérangeantes que Rowe avait semées dans son esprit.

Celui-ci n'eut qu'à se déplacer de quelques pas

pour distinguer la silhouette de l'enfant, derrière une porte entrouverte. Il était installé face à une console de jeux qui diffusait une série de bruits étonnants.

— Je pense qu'il a déjà retrouvé sa Planète Noire ! observa-t-il avec une grimace comique.

D'habitude, Kirsten insistait pour que son fils et elle se promènent ensemble dans le jardin ou dans les bois, avant de lui permettre de retrouver le sacro-saint écran. Mais ce soir, elle n'allait pas sacrifier au rituel.

— J'en ai bien peur…, admit-elle avec un soupir.

A ce moment-là, la sonnette de la porte d'entrée retentit, bien qu'elle soit restée ouverte.

— Entre, Michael, dit Kirsten au jeune garçon roux, qui n'avait d'ailleurs pas attendu son invitation pour traverser la pièce. Je pense que Jeffrey est déjà sur le pied de guerre…

Avec un bref salut de la tête, l'enfant rejoignit son camarade.

— Ils sont dans la même classe ? demanda Rowe à la jeune femme.

— Oui. Et, de plus, Michael habite le cottage voisin. Son père travaille au château. Bien, il ne me reste plus qu'à leur apporter un verre de lait et des biscuits. Plus rien n'existe, quand ils sont devant cet écran !

— Asseyez-vous, je m'en charge. J'ai l'impression qu'il vous en coûte de tenir debout…

Rowe ne se trompait pas. Pourtant, elle aurait voulu s'occuper seule des garçons. De Jeffrey, tout au moins, car elle préférait que le vicomte d'Aragon se tienne le plus loin possible de son fils.

Elle essaya donc de se diriger vers la cuisine, mais ce nouvel effort lui arracha un petit cri.

Rowe fut à son côté en un instant. Il lui posa les mains sur les épaules et la fit pivoter vers le fauteuil le plus proche.

— *Asseyez-vous !* J'en ai pour quelques minutes à peine, ensuite vous prendrez la relève. Dites-moi seulement où je peux trouver de quoi faire goûter nos jeunes guerriers.

D'un geste du menton, Kirsten désigna la cuisine. Dieu, qu'elle s'en voulait ! Elle seule était responsable de cette situation. Si elle s'était montrée plus raisonnable en choisissant ses chaussures, elle n'en serait pas là !

— Il y a du lait dans le réfrigérateur, des verres dans le buffet, et des cookies faits maison dans la grosse boîte en fer, en forme d'ours en peluche.

— Faits maison ? répéta-t-il, la mine gourmande.

Est-ce que les grands garçons ont eux aussi droit à du lait et à des cookies ?

Ce tête-à-tête prenait décidément une tournure beaucoup trop intime au goût de la jeune femme.

— Je vous en prie, servez-vous, dit-elle néanmoins.

Tandis qu'elle l'écoutait aller et venir dans la cuisine, elle baissa les paupières et se détendit, soulagée que quelqu'un la remplace en ce moment même. La condition de parent isolé n'était pas de tout repos. Et ne jamais pouvoir partager les décisions importantes et les tâches quotidiennes revêtait parfois un caractère pesant.

Comme cette pensée lui traversait l'esprit, Kirsten fronça les sourcils. La journée avait été longue et difficile, ce qui expliquait son état d'esprit. Elle avait choisi cette vie, et n'en mènerait aucune autre tant qu'elle élèverait Jeffrey. Elle n'avait besoin de personne. Surtout pas de Rowe Sevrin.

Ce dernier servit le goûter aux enfants, puis se laissa initier aux joies de La Planète Noire. Vingt bonnes minutes plus tard, il demandait à Jeffrey si sa mère mettait du sucre et de la crème dans son café. Après avoir préparé deux cafés avec un sucre et une pointe de crème, puis disposé quelques cookies dans une assiette, il retourna dans le salon.

Il s'immobilisa sur le seuil de la pièce. La jeune femme s'était endormie dans le fauteuil.

Veillant à faire le moins de bruit possible, il se rapprocha d'elle et posa le plateau sur la table basse, avant de déplacer un pouf, sur lequel, avec précaution, il cala ses pieds fatigués et meurtris. Elle ne protesta pas, ne se réveilla même pas.

Subjugué, il s'installa dans le fauteuil voisin et prit machinalement une tasse de café, qu'il garda à la main sans la porter à ses lèvres. Kirsten ressemblait à l'image qu'il s'était toujours faite de La Belle au bois dormant. Comment réagirait-elle, s'il l'embrassait pour la réveiller ?

Mal, sans doute. Elle ne s'était pas montrée particulièrement aimable à son égard. Pour quelle raison, d'ailleurs ? Il ne prétendait certes pas être parfait, mais elle ne le connaissait pas assez pour lui manifester tant de froideur.

Il but enfin une longue gorgée de café avant de tourner la tête vers les deux garçons, toujours rivés à l'écran dans la pièce voisine. Jeffrey était complètement concentré sur le jeu. Tous les muscles de son petit corps paraissaient tendus. Il était agrippé aux manettes, comme un pilote d'avion en temps de guerre.

Ou comme un pilote automobile.

Rowe avait vu assez de photos de lui, à l'époque où il fréquentait les circuits, pour que la position de l'enfant évoque en lui quelque chose de familier. En fait, ils se ressemblaient assez pour être père et fils, songea-t-il, un sourcil levé.

Ils se ressemblaient presque trop.

Son regard revint vers Kirsten. Etait-ce possible qu'il ait eu une aventure avec la jeune femme, six ans et neuf mois plus tôt ?

Il était plus écervelé, à cette époque-là. A vrai dire, il se rappelait à peine l'année de ses vingt-deux ans. Un magazine de la presse à scandale avait fait paraître une série d'articles sur la disparition de son père, les remettant sa famille et lui sur le devant de la scène. Selon le journaliste, le disparu aurait toujours été bien en vie et coulerait des jours heureux en Australie.

Rowe avait refusé toute interview aux médias, qui ne s'étaient pas embarrassés de scrupules et lui avaient tout même prêté de faux propos divulgués à grande échelle. Quand il avait voulu rétorquer par voie de presse afin de rétablir la vérité, on l'en avait empêché. Les membres de la famille royale, lui avait-on dit, ne se rabaissaient pas à entrer dans ce genre de joute.

Le jeune homme qu'il était alors avait donc

ravalé sa colère, et essayé de chercher l'oubli en sortant tous les soirs, en buvant plus que de raison et en collectionnant les aventures. Comme s'il se moquait du lendemain — un lendemain dont son père avait été privé.

Cette période de dérive n'avait pas duré bien longtemps. Il s'était ressaisi au bout de quelques mois, et menait aujourd'hui une existence très différente de celle qui avait été la sienne à l'époque. D'ailleurs, dès qu'il avait repris ses esprits, lui-même choqué d'avoir eu une vie si dissolue, il avait décidé d'abandonner la Formule 1. Désormais reconverti dans un secteur d'activité beaucoup plus sérieux, il dirigeait plusieurs entreprises — bien qu'il n'ait cité que l'une d'entre elles à Kirsten.

Fixant toujours la jeune femme, il secoua doucement la tête. S'il avait eu une aventure avec elle, si brève eût-elle été, il s'en souviendrait. A vrai dire, rien n'était moins sûr… Voilà qui expliquait son évidente animosité à son égard.

Mais bien sûr, il était tout simplement possible qu'elle lui en veuille d'organiser un tour cycliste dans l'enceinte du château de Merrisand. En qualité de conservatrice d'œuvres d'art, cette idée relevait sans doute pour elle de l'hérésie. D'ailleurs, elle ne lui avait pas caché le fond de sa pensée.

Rowe finit sa tasse de café avant de se lever et de se rapprocher de la jeune femme. Il fallait qu'il la réveille avant de partir. Tout doucement, pour ne pas l'effrayer. Or, quel moyen était plus doux qu'un baiser ? En outre, s'il l'avait déjà embrassée par le passé, ce baiser raviverait peut-être des souvenirs.

Il fallait qu'il en ait le cœur net.

Conscient de la présence des enfants dans la pièce voisine, il s'inclina vers le visage de Kirsten et effleura ses lèvres d'un baiser. Il ne s'attendait pas à réagir de la sorte. A éprouver une telle bouffée de désir. Si les enfants n'avaient pas été là, il...

A ce moment-là, la jeune femme entrouvrit les lèvres. Dans un état de demi-sommeil, elle répondit à ce baiser léger. Et, dans un geste lent, elle souleva les paupières.

Rowe se redressa en hâte tandis que Kirsten balayait la pièce d'un regard vague, encore lourd de sommeil. Elle était si attirante, à demi assoupie, qu'il dut se faire violence pour ne pas s'agenouiller devant elle et la prendre dans ses bras.

— Je crois bien que j'ai rêvé..., murmura-t-elle en s'étirant avec la grâce d'un chaton qui se réveille.

Devait-il lui dire que le baiser qu'ils avaient échangé était réel ? Peut-être pas. Elle risquait de ne pas apprécier cette initiative de sa part.

Qui sait, son manque d'amabilité à son égard n'était peut-être qu'un mécanisme de défense ? Un moyen de se protéger de l'attirance qu'il exerçait sur elle ?

Cette pensée lui soutira une petite grimace.

Tu te berces d'illusions, mon vieux ! se dit-il.

— J'ai bien peur d'avoir cédé à la fatigue, déclara-t-elle avec un soupir. Je vous prie de m'excuser, Votre Altesse.

En parlant, elle avait caressé du bout de l'index sa lèvre inférieure. Ce geste inconscient raviva le désir de Rowe.

— Il me semble que nous avions renoncé à ces titres cérémonieux, avant que vous vous endormiez… Et vous n'avez pas d'excuses à me présenter. Il est normal que vous soyez fatiguée, après une longue journée de travail.

— Où sont Jeffrey et Michael ?

— Toujours captivés par la Planète Noire ! A ce propos, je dois vous dire que votre fils est adorable.

Le vôtre aussi ! ne put-elle s'empêcher de penser.

Cette remarque avait provoqué en elle un nouvel accès de colère. Une colère également due au rêve qu'elle venait de faire. Dans ce rêve, le vicomte d'Aragon l'embrassait… et elle répondait à son baiser !

Mais il ne s'agissait que d'un rêve. Un rêve probablement suscité par la brusque apparition de cet homme dans un univers jusque-là paisible. Lorsqu'ils commenceraient à travailler ensemble, elle serait mieux préparée à affronter la présence de celui qui avait séduit et abandonné sa jeune sœur.

— Je ne voudrais pas abuser davantage de votre temps, déclara-t-elle.

— Vous ne m'avez rien demandé. C'est moi qui vous ai proposé de vous raccompagner. Et d'ailleurs, je ne vous ai toujours pas massé les pieds…

Encore dans les limbes de ce rêve étrange, Kirsten secoua la tête avec vigueur.

— C'est inutile. Je me sens déjà beaucoup mieux.

Elle avait vraiment hâte de le voir partir, songea-t-il, mi-agacé, mi-amusé.

— Soit. Permettez-moi quand même de vous conseiller un bain de pieds à la camomille. Et peut-être aussi de choisir d'autres chaussures, demain !

Kirsten baissa les yeux sur ses escarpins à talons. Il allait de soi qu'elle ne les porterait plus pour travailler. Surtout si elle était appelée à travailler avec Rowe. Elle ne lui fournirait plus aucun prétexte pour la raccompagner chez elle !

— A demain, lança-t-il.

— A demain, lui répondit-elle.

Dès qu'il fut parti, elle se tourna vers la pièce voisine. Les deux petites silhouettes apparaissaient dans l'embrasure de la porte.

Elle frémit.

Aurait-elle perdu la raison ? Permettre à Romain Sevrin d'approcher de si près Jeffrey... Il faudrait à l'avenir qu'elle fasse preuve de beaucoup plus de fermeté.

5.

Kirsten avait décidé que son rêve n'affecterait en rien sa relation avec le vicomte d'Aragon. Pourtant, quand il entra deux jours plus tard dans son bureau, son regard fut irrésistiblement attiré par la belle bouche masculine. Et quand il se rapprocha d'elle, elle sentit faiblir ses résolutions. La pièce s'était emplie de cette fraîche odeur de sous-bois qui semblait l'accompagner partout. Sans doute une création d'un grand parfumeur.

— Nous avions rendez-vous ce matin ? lui demanda-t-elle, arquant un sourcil.

Il la dévisagea, et un petit sourire se dessina sur ses lèvres. L'espace d'un instant, elle eut l'impression qu'il pensait lui aussi à ce baiser. Mais c'était impossible, puisqu'il n'avait existé qu'en rêve !

— Nous avons rendez-vous *tous* les matins, jusqu'à ce que le Tour de Merrisand prenne fin.

76

D'un ample geste du bras, elle désigna les dossiers qui jonchaient son bureau.

— Je ne pense pas pouvoir vous consacrer autant de temps.

— Et comme je crois vous l'avoir déjà dit, je ne pense pas, moi, que vous ayez le choix. A partir de maintenant, vous devrez placer ce tour cycliste en tête de votre liste de priorités. Il me semble d'ailleurs que Max vous en a parlé.

Il était donc déjà au courant de la teneur de son entretien avec le prince Maxim ? Incapable de cacher son sentiment à l'égard de cet événement sportif, Kirsten avait été surprise que le prince insiste lui aussi sur l'importance de la course cycliste pour l'avenir de la Fondation, dont dépendaient bon nombre de personnes en difficulté. Mais bien sûr, il était normal qu'il soutienne le projet de son cousin. La voix du sang parlait — sauf quand on était le fils de Romain Sevrin ! ajouta-t-elle en son for intérieur, en proie à un nouvel accès de rage.

Pour être sincère, ne devait-elle pas s'avouer à elle-même que son aversion pour l'événement sportif était surtout liée à celui qui l'organisait ? Réagirait-elle de la même façon si Rowe s'était comporté en gentleman avec Natalie, s'il avait assumé ses responsabilités et s'était occupé de l'enfant ?

Evitant son regard, elle rassembla quelques dossiers épars.

— Le prince m'a en effet demandé de travailler avec vous, mais il ne m'a pas spécifié à quel rythme.

Rowe se rapprocha encore d'elle et posa les deux mains à plat sur le bureau.

— Dans ce cas, je vais le faire à sa place. Si cette course ne remporte pas un succès spectaculaire, il faudra peut-être se défaire bientôt de certaines œuvres d'art. Est-ce que c'est plus clair, maintenant ? Je vous suggère donc d'annuler vos autres rendez-vous de la matinée.

D'un geste sec, elle referma le dossier qu'elle examinait à son arrivée et leva les yeux sur lui.

— S'il y a un tel caractère d'urgence, je ne comprends pas que vous ayez attendu jusqu'à maintenant pour venir me trouver.

Quel besoin avait-elle de faire un commentaire pareil ? Il allait croire qu'elle avait passé la journée de la veille à guetter son arrivée ! Or, elle avait travaillé comme à l'accoutumée. Certes, à la fin de la visite guidée, elle avait lancé quelques regards en direction du fond de la salle, se demandant s'il allait rejoindre le groupe…

Toujours dans la même position, Rowe la fixait, fasciné par la lueur de défi qui illuminait ses prunelles d'un gris presque argenté. Il n'envisageait pas de lui révéler qu'il avait passé la journée confiné dans son appartement à étudier les différentes possibilités de circuit. Ce qui lui avait permis d'éviter toute rencontre avec elle.

Il n'en était pas à son premier baiser, loin de là. Mais celui qu'il avait échangé avec Kirsten — celui qu'il lui avait *volé,* plutôt ! — l'avait particulièrement troublé. Et laissé sur sa faim. Or, il devait se maîtriser, puisqu'ils étaient appelés à passer beaucoup de temps ensemble pendant les semaines à venir.

Il n'avait pas noirci le tableau lorsqu'il avait expliqué la situation à la jeune femme. Les fonds de Merrisand avaient réellement besoin d'être renfloués.

Mais travailler en ayant l'esprit ailleurs ne s'était pas avéré très productif. En fin de journée, il avait donc décidé de faire le point. Deux solutions s'offraient à lui : soit s'en tenir à l'autodiscipline très stricte dont il se savait capable — et qui lui avait maintes fois valu le titre de champion de Formule 1 ; soit tout mettre en œuvre pour assouvir son désir, afin d'avoir l'esprit libre et de pouvoir se consacrer pleinement à la tâche qui lui incombait.

Kirsten, qui s'était levée, recula d'un pas. Il se demanda alors si l'expression de son visage avait trahi le cours de ses pensées. Décidément, s'il ne se contrôlait pas davantage, cette collaboration risquait de courir à la catastrophe.

— J'ai passé la journée d'hier à échafauder le tracé du circuit, déclara-t-il tout en se demandant pourquoi il éprouvait le besoin de se justifier.

— Je ne connais rien aux courses cyclistes, répondit sèchement la jeune femme. Donc je doute fort de vous être d'une quelconque utilité dans l'élaboration de ce circuit.

— Détrompez-vous, fit-il avec un petit sourire. En examinant mon circuit préféré d'un œil de spectateur, vous pourrez me donner votre avis et me dire s'il passe par les endroits les plus dignes d'intérêt — tout en évitant des lieux trop chargés d'histoire.

— Voilà une tâche pour le moins difficile, rétorqua-t-elle, puisque le domaine tout entier a une valeur historique !

Sans quitter son interlocutrice du regard, Rowe croisa les bras. Pourquoi n'imposait-il pas sa supériorité hiérarchique, afin de l'inciter à plus de souplesse ? Parce qu'elle lui plaisait, certes, mais aussi parce qu'il avait toujours détesté les rapports de force préétablis.

— Vous n'auriez donc sans doute pas apprécié les courses de carrioles qui se déroulaient sur ces terres, à la fin du XIXe siècle...

Cette réflexion étonna Kirsten, il le lut sur son visage.

— Eh oui, j'ai appris mes leçons ! s'exclama-t-il, ravi. J'avoue d'ailleurs avoir découvert avec beaucoup de plaisir que mon ancêtre Pierre avait souvent remporté ces courses.

— Il s'agissait de... de jeux destinés à distraire la famille royale.

— Et ça les rend donc plus nobles à vos yeux que des jeux modernes destinés à distraire le peuple ? assena-t-il.

— Ne me faites pas dire ce que je n'ai pas dit ! s'écria Kirsten. Ces carrioles provoquaient certainement moins de dégâts que n'en feront des vélos de compétition !

— Etes-vous bien sûre de ce que vous avancez ? Max a eu la gentillesse de me prêter des documents de l'époque, et j'ai ainsi appris que la brèche de la muraille, à côté de la porte sud, était due à un accident. Pierre aurait eu, semblerait-il, fort à faire avec l'un des chevaux de sa carriole...

Elle baissa les yeux.

— Je l'ignorais.

— Vous n'avez quand même pas cru à l'histoire selon laquelle une princesse aurait de son plein gré guidé son attelage contre le mur, pour retrouver un homme que son père l'empêchait de voir ?

Elle tourna la tête. Pas assez vite cependant pour cacher sa gêne.

— Vous y avez cru ! s'exclama le vicomte. Je suis même prêt à parier que vous racontez cette légende aux visiteurs, en y ajoutant quelques fioritures sentimentales !

— Et alors ? Cela ne vous donne pas le droit de vous moquer de moi ! répondit-elle d'un ton pincé.

— Loin de moi cette idée ! Mais reconnaissez que si la télévision avait existé à cette époque-là, ces courses auraient sans doute étaient retransmises et auraient passionné les foules.

Il avait probablement raison, même s'il en coûtait à Kirsten de l'admettre.

— Pourquoi vous obstinez-vous à me démontrer que cette course cycliste est une excellente idée ? Après tout, mon avis n'a pour vous aucune importance.

— Bien sûr que si ! Nous travaillerons mieux ensemble, si nous nous entendons bien.

— Nous ne sommes tout de même pas obligés d'être d'accord sur *tout* ?

Au moment même où elle formulait cette question, Kirsten devina la teneur de la réponse qui lui serait fournie. Tout en Romain Sevrin respirait l'assurance. Il avait coutume de mener sa vie comme il l'entendait, de faire ce qu'il voulait. Il était arrivé à ses fins avec Natalie, et il essayait maintenant de la rallier, elle, à sa cause. Le sourire en coin dont il la gratifia ne la rassura guère.

— Ce serait pourtant mieux, déclara-t-il.

— Comment pourrais-je donner mon avis sur un sport qui m'est complètement étranger ?

— Nous allons y remédier !

Sur ces mots, il prit la jeune femme par le bras et, sans plus de cérémonie, la guida vers la porte.

— Où allons-nous ? se récria-t-elle. Je viens de vous dire que j'ai beaucoup de travail !

— Justement, c'est bien de travail qu'il s'agit. Je vais de ce pas vous montrer le parcours que j'ai tracé hier. Vous me direz ce que vous en pensez.

Ce qu'elle en pensait, il le savait déjà, pensa la jeune femme. Visualiser le trajet destiné à être saccagé ne ferait que la renforcer dans son opinion.

— Vous risquez de le regretter…, marmonna-t-elle.

— J'en doute. Mais peut-être avez-vous peur de monter en voiture avec moi ?

C'était plutôt d'elle qu'elle avait peur, quand elle

se trouvait en compagnie du vicomte à la réputation de play-boy.

— Vous ayant vu au volant de différents bolides, je ne crois pas pouvoir mettre en doute vos talents de conducteur.

Il darda sur elle un regard incisif.

— Je croyais que vous ne vous intéressiez pas aux courses en général…

Difficile de lui avouer qu'elle avait suivi sa carrière de près, à cause de Natalie.

— Je m'intéresse en revanche à l'actualité, et il se trouve que vous en faisiez partie, quand vous étiez pilote de Formule 1.

— Vous avez bonne mémoire.

— Ma sœur était une habituée des circuits automobiles, se surprit-elle à préciser.

Quelque chose dans le ton de sa voix éveilla l'attention de Rowe.

— *Etait ?*

Kirsten sentit sa gorge se nouer.

— Elle a perdu la vie il y a un peu plus de six ans.

— Je suis désolé, murmura Rowe.

Il paraissait sincère. Aurait-il réagi de la même façon s'il avait su que cette sœur était une toute

84

jeune fille avec laquelle il avait autrefois passé une nuit ?

— Elle devait être très jeune. Son décès a-t-il été dû à une maladie ou à un accident ?

Kirsten cligna des paupières pour chasser les larmes qui lui montaient aux yeux.

— Un accident… qui a eu lieu au cours d'un événement sportif. Je préfère ne pas en parler.

Surtout à lui.

Il s'arrêta devant l'ancienne muraille du château et se tourna vers sa compagne.

— Je comprends mieux, maintenant, le manque d'enthousiasme que suscite en vous cette course cycliste. Je commençais à me demander si c'était à moi personnellement que vous en vouliez…

Kirsten fixa le vieux mur aux pierres couvertes de mousse devant lequel ils venaient de s'arrêter. Son regard fut attiré par la fameuse brèche, dont Rowe lui avait révélé l'origine. Un petit rire sec s'étrangla dans sa gorge. La vie n'était décidément pas toujours aussi rose qu'on le croyait !

— Je ne vous connais pas, répliqua-t-elle avec un haussement d'épaules. Le prince Maxim m'a chargée de travailler avec vous.

Comme elle se taisait, il ajouta à sa place :

— Sans pour autant exiger que nous nous entendions à merveille, je suppose. Mais reconnaissez que ce sera plus facile pour tout le monde, si nous parvenons à éviter des heurts trop fréquents.

Elle réfléchit quelques secondes avant d'acquiescer.

— Soit. Observons une trêve.

— Vous seriez prête à hisser si vite le drapeau blanc ? demanda-t-il avec un petit sourire. Ça m'étonne de vous...

— Soyons clairs : je ne serai jamais une fanatique de sport, mais puisque nous avons une mission à accomplir ensemble, j'essaierai de me montrer à la hauteur de la situation. Je m'efforcerai de comprendre ce que vous faites, et, surtout, pourquoi vous le faites.

— Je crois vous avoir déjà expliqué le motif de ma présence au château.

— Oh, je ne parlais pas de la course cycliste. Je me demandais plutôt pourquoi il vous est arrivé si souvent de risquer votre vie au volant d'une puissante machine, dans le seul but de prouver que vous êtes le pilote le plus rapide au monde.

— En premier lieu, permettez-moi de rectifier : *j'étais*, je ne suis plus le numéro un mondial de Formule 1. Et puis... je dois dire que je ne sais pas trop comment répondre à votre question. En fait, étant né avec une petite cuiller en argent dans la bouche, pour reprendre une expression bien connue, je n'avais pas besoin de travailler pour gagner ma vie. Et ça ne me plaisait pas beaucoup.

Il accompagna cette remarque d'une grimace, puis reprit :

— A l'âge de dix-neuf ans, j'ai eu la chance de conduire une voiture de course, et j'ai tout de suite su que c'était ce que je voulais faire. J'ai été remarqué par une écurie de renom, j'ai suivi un entraînement, et c'est ainsi qu'a commencé ma carrière. La vitesse a un côté grisant. Quand on court sur un circuit, il faut montrer ce qu'on vaut. On est bon ou on ne l'est pas, les titres de noblesse ne comptent pas.

Ces explications surprirent la jeune femme.

— Comment votre famille a-t-elle accueilli votre choix ?

Rowe la prit par le bras pour regagner la porte sud, si naturellement qu'elle ne s'en aperçut qu'au bout de quelques pas. Et à ce moment-là, elle n'eut pas envie de s'écarter de lui.

— Ma mère était horrifiée, lui répondit-il après une courte pause. Après avoir perdu mon père, elle souhaitait me voir emprunter un chemin qui ne comporte aucun risque. Or, justement, la disparition de mon père m'avait fait prendre conscience de l'aspect éphémère de la vie. Je ne tenais pas à passer la mienne assis derrière un bureau.

Kirsten comprenait l'essence même de ce raisonnement. Mais cela ne justifiait pas que Rowe ait pu ignorer la naissance de son propre enfant.

Il s'était arrêté devant une voiture de sport blanche, dont il ouvrit la portière côté passager. Elle hésita avant de s'y installer.

— C'est… assez exigu, non ? Vous ne vous sentez pas à l'étroit, dans ce véhicule ?

Ce qu'elle redoutait, elle, c'était la proximité de Rowe, inévitable dans un habitacle aussi restreint.

— Si vous aviez été pilote de Formule 1, vous trouveriez cet espace plus que convenable ! dit-il avec un petit rire.

— Ah…

Lorsqu'il démarra, elle se serra contre la portière afin de se tenir le plus loin possible de lui.

— C'est quand même une voiture de course, non ?

— Plus ou moins. J'ai dessiné ce prototype par plaisir.

— Vraiment ?

Elle comprenait mieux à présent pourquoi son siège semblait avoir été moulé sur son corps.

— Oui, *vraiment*. N'ayez pas l'air si étonné,

voyons ! Mes talents ne se limitent pas à assister à des réceptions et à courir sur des circuits !

Kirsten était prête à le croire…

Le groupe de visiteurs qui arrivait à ce moment-là les regarda avec intérêt. Un intérêt suscité sans doute autant par la voiture que par son conducteur. Kirsten, qui n'était pas habituée à éveiller l'attention sur son passage, contint un soupir de soulagement lorsqu'ils s'éloignèrent de l'enceinte du château pour entrer dans la zone forestière.

Cette zone, qui portait le nom de « Grand Parc », n'était ouverte au public que deux fois par an, lors d'importantes manifestations de bienfaisance. La paix qui y régnait était presque palpable.

Rowe traversa au ralenti les sentiers qui serpentaient sous les hautes voûtes feuillues. L'élégante silhouette du château avait disparu, et ils auraient pu se croire à mille lieues de toute civilisation. Kirsten commença à se détendre. Comme elle faisait partie du personnel du château, elle était autorisée à fréquenter le parc et il lui arrivait de venir y pique-niquer avec Jeffrey.

— J'adore cet endroit, dit-elle.

— Dans la civilisation agitée où nous vivons, qu'il existe encore des lieux pareils relève presque du miracle, répondit Rowe.

— Il n'y a pas que la flore qui a été préservée. La faune aussi. D'ailleurs, votre famille prend grand soin de la réserve de daims.

— Enfant, je vivais au château, comme vous le savez, et je prenais beaucoup de plaisir à venir les nourrir. Ils me connaissaient et mangeaient dans ma main. Mon grand-père se plaisait à me répéter qu'il fallait protéger tous les animaux, et ceux-ci en particulier puisqu'ils sont l'emblème de Carramer. Je les considérais, moi, comme des compagnons de jeu. J'avais d'ailleurs décidé que je m'occuperais de la réserve de daims quand je serais grand, et je le répétais à qui voulait bien m'entendre.

La jeune femme hocha lentement la tête. Rowe devait se réjouir que les daims vivent toujours en liberté dans le Grand Parc, et continuent à se reproduire.

— Mais finalement, vous avez préféré la Formule 1…, observa-t-elle avec un petit sourire.

— Drôle de parcours, mm ? Cela dit, je crois qu'on réalise rarement ses rêves d'enfant.

— Qui aurait pu dire, à cette époque-là, que vous organiseriez un jour un tour cycliste dans le domaine ?

— Ce qui pour vous relève du vandalisme culturel !

Il ponctua ces mots d'un rire.

— Peut-être pas tout à fait, fit-elle avec une petite moue. Mais une foire médiévale m'aurait paru plus… adaptée au cadre.

— Une foire médiévale rapporterait une poignée de cacahuètes à la Fondation ! s'exclama Rowe.

— L'argent… Pourquoi faut-il toujours y revenir ?

— Pour une raison très simple : ici-bas, tout le monde court après l'argent. Si les richesses étaient également réparties, la Fondation n'aurait pas besoin d'exister.

— Soit, dit-elle en fronçant le nez. Je suis prête à faire tout ce qui est en mon pouvoir… pour la Fondation.

Rowe, qui avait ralenti, s'arrêta aux abords d'une clairière.

— Pour la Fondation, bien entendu, répéta-t-il en se tournant vers sa compagne. Pas pour moi, puisque vous me regardez comme si j'étais le diable en personne depuis l'instant où vous avez remarqué ma présence dans le groupe de visiteurs.

6.

Kirsten avala sa salive.

— Pas du tout, articula-t-elle. Vous vous trompez.

Si elle avait apprécié un peu plus tôt la paix environnante, elle regrettait maintenant qu'ils soient tous les deux seuls au beau milieu du Grand Parc, dans cette voiture aux dimensions si réduites. Rowe avait coupé le moteur et, proche comme il l'était d'elle, elle était sûre qu'il entendait les battements de son cœur.

Allait-il l'embrasser ? se demanda-t-elle en retenant son souffle. Pétrifiée, elle le vit tendre la main vers elle pour lui prendre le poignet.

— Est-ce que je me trompe aussi, en déclarant que vous avez un pouls très accéléré ? demanda-t-il.

La jeune femme regarda autour d'elle, affolée.

— Nous... devrions retourner au bureau, non ?

— Dans deux mois, des cyclistes rouleront sur

cette piste, Kirsten. D'une certaine façon, nous pouvons considérer que *nous sommes* au bureau. Reprenons plutôt notre conversation. Que savez-vous de moi, au juste ?

Elle se redressa autant que le lui permettait l'espace réduit du véhicule et s'employa à afficher un air naturel.

— Je connais les lignes essentielles de votre biographie. Comme de celle de tous les membres de la famille royale, dois-je préciser. Ça entre dans le cadre de mes fonctions.

— Et vous vous êtes basée sur quelques faits pour décider que vous me détestiez ? J'attendais mieux de vous. Vous me décevez.

— Vous ne me connaissez pas vous non plus ! rétorqua-t-elle vivement. Pas assez en tout cas pour me juger !

— Je sais que vous êtes une femme belle, sensuelle, passionnée par son travail et surtout par son fils. Ça me suffit.

Il s'était encore rapproché d'elle. Leurs bouches se touchaient presque. Etait-ce ce genre de scène qu'il avait jouée à Natalie pour la séduire ? A elle et à combien d'autres encore ? se demanda Kirsten.

— Quel autre cliché allez-vous ajouter, maintenant ? demanda-t-elle avec agressivité. Que je suis irrésistible quand je suis en colère ?

— Non, parce que vous n'êtes pas en colère, répondit Rowe, apparemment très calme. Vous voudriez me laisser croire que vous l'êtes, mais je crois que je vous plais autant que vous me plaisez. Pour une raison qui m'échappe, vous luttez contre cette attirance. Quelle est cette raison, Kirsten ?

Elle releva la tête d'un geste vif. La colère qu'elle éprouvait n'était pas feinte, cette fois ! Mais elle était avant tout dirigée contre elle-même. Si elle s'était de prime abord montrée froide et distante envers cet homme, elle ne se retrouverait pas dans une situation pareille.

— Vous avez une très haute opinion de vous-même ! assena-t-elle.

— Rien que de très normal. Quand tout le monde est aux petits soins avec vous et vous donne du « Votre Altesse » depuis la naissance…

— Je ne parlais pas de votre rang, mais de…

Kirsten se tut soudain, consciente d'avoir été sur le point d'aller trop loin.

— Oui ? insista-t-il.

— Ecoutez, la journée est superbe, le cadre magnifique… Ce serait dommage de tout gâcher en se querellant pour des broutilles, non ?

— Vous avez raison, ce serait dommage.

Sitôt ces mots prononcés, il lui passa un bras autour des épaules, et elle se retrouva pressée contre son torse. Leurs cœurs battaient à l'unisson. Il était sur le point de l'embrasser, elle le savait. Elle n'avait pas peur. Et sa colère avait disparu.

Autour d'eux, la forêt n'était plus qu'une toile de fond dans des dégradés de vert. Les oiseaux semblaient s'être tus. Elle sentait déjà sur ses lèvres le souffle de Rowe.

Puis, soudain, il l'embrassa vraiment. Elle avait beau se dire et se répéter que cet homme représentait pour elle un danger, rien n'y faisait. En cet instant, elle se sentait incapable de penser à Natalie.

Blottie contre lui, elle ne pouvait que répondre à son baiser ardent. Ils étaient seuls au monde dans ce nid de verdure.

Et Jeffrey ?

La petite voix qui résonna brusquement en elle la glaça de l'intérieur. Aurait-elle perdu la raison ? Elle s'écarta si vivement de Rowe qu'elle se cogna la tête contre la vitre.

— Non ! s'écria-t-elle. Non…

Il la dévisagea.

— *Non ?* Ce n'est pourtant pas l'impression que j'ai eue, il y a à peine quelques secondes…

Il ne lâcherait pas prise. Il affichait cet air résolu qui rappela à Kirsten certains portraits de ses ancêtres, qui ornaient les murs des galeries du château.

— Je n'ai pas dit que je ne voulais pas vous embrasser, dit-elle en tentant de reprendre son souffle. Je pense plutôt que… que je n'aurais pas dû.

— Et pourquoi donc ? Nous ne sommes ni l'un ni l'autre mariés. A moins que…

Les yeux plissés, il l'observa attentivement avant d'ajouter :

— … qu'il n'y ait quelqu'un dans votre vie ? Le père de Jeffrey, peut-être ?

Saisie par la pertinence de la question, Kirsten tressaillit. Rowe se méprit sur l'origine de cette réaction, et l'expression de son visage se radoucit.

— J'aurais dû y penser. Vous a-t-il fait beaucoup souffrir, Kirsten ?

Elle cligna des paupières.

— Je… ne crois pas que ça vous concerne.

— Si vous aviez refusé de m'embrasser, j'aurais en effet considéré que ça ne me concernait pas. Mais vous vous êtes trahie. Soyez franche avec vous-même, Kirsten. Reconnaissez que nous nous sommes plu au premier regard.

Son hésitation fut de courte durée. A quoi bon mentir ? Il ne la croirait pas.

— Le père de Jeffrey ne m'a jamais aimée, déclara-t-elle en détournant les yeux.

— Et vous ne l'avez compris que quand vous étiez enceinte ? Jamais je ne vous traiterai de cette façon ! ajouta-t-il d'une voix sourde.

Tout en lui reflétait la révolte, face à une attitude que, de toute évidence, il jugeait abjecte. Une attitude que, pourtant, il avait adoptée à l'égard de sa sœur.

— Ce n'est pas très important, dit-elle avec un haussement d'épaules. Après la naissance de Jeffrey, je me suis promis que tant qu'il dépendrait de moi, je n'aurais aucune relation avec un homme.

Rowe, qui s'était tourné vers le pare-brise et regardait la forêt, se mit à pianoter sur le volant.

— C'est une décision très noble. Compréhensible, même. Mais supposons…

Il s'interrompit et reporta soudain son attention sur la jeune femme.

— … que l'amour vienne frapper à votre porte ? Vous obstineriez-vous à ne pas lui répondre, sachant qu'il ne se représentera peut-être plus jamais ? Et sachant aussi que votre choix n'est peut-être pas le meilleur pour votre fils ?

La réaction de Kirsten ne se fit pas attendre.

— Vous ignorez ce qui est bon ou pas pour Jeffrey !

— Peut-être. Il est possible aussi que vous vous trompiez, en l'élevant dans un cocon. Ce n'est pas de cette façon que vous compenserez ce que vous avez vécu avec son père…

Révoltée par tant d'arrogance, elle le foudroya du regard.

— Je n'utilise pas Jeffrey pour panser mes blessures, si c'est là ce que vous cherchez à me dire ! La vie que nous menons nous convient très bien.

Ou, tout au moins, nous convenait, avant que vous n'entriez en scène ! rectifia-t-elle en son for intérieur.

— Je n'ai pas l'intention de baisser les bras, Kirsten, déclara Rowe en la regardant droit dans les yeux. Ignorer ce que nous éprouvons l'un pour l'autre serait, au bas mot, inacceptable.

— Il n'y a rien entre nous, répondit-elle d'un ton ferme.

Et elle veillerait à ce qu'il continue d'en être ainsi.

— Je propose que nous reprenions cette discussion demain, quand j'irai chercher Jeffrey pour essayer son cerf-volant, dit Rowe. Je le lui ai promis, et j'ai l'habitude de tenir mes promesses.

— Vous n'êtes pas obligé de venir. Je peux très bien m'en charger seule.

— Vous ne me tiendrez pas à distance si facilement, dit-il après avoir pris une profonde inspiration. Je comprends bien que le père de Jeffrey vous ait fait du mal, mais ne nous confondez pas.

— Ecoutez, pourquoi ne continuerions-nous pas à travailler ensemble en oubliant ce… cette parenthèse ?

— Cette question, je me la suis moi aussi posée, Kirsten. Et je n'ai toujours pas trouvé la réponse. Tout ce que je sais, c'est qu'après m'être borné à chercher auprès des femmes du plaisir physique, j'ai envie d'autre chose. Ce genre de relation superficielle ne me suffit plus. Je m'en suis aperçu le jour de notre rencontre, quand je vous ai raccompagnés chez vous, votre fils et vous. Mais si vous me dites en toute sincérité que nos rapports doivent en rester là, j'accepterai votre verdict. Nous travaillerons en bonne intelligence, comme si rien ne s'était passé. Et nous ne saurons jamais ce que l'avenir aurait pu nous réserver.

L'avenir ne pouvait rien lui réserver de bon, avec un homme de cet acabit ! se dit Kirsten. Elle refusait de mener la même vie que sa mère, auprès d'un coureur de jupons qui prétendait l'aimer.

Au moment où elle se tournait vers lui pour lui donner sa réponse, il tendit la main vers son visage. Et ses joues s'empourprèrent lorsqu'elle sentit ses doigts caresser ses lèvres.

— C'est bien ce que je pensais…, murmura-t-il.

Il redémarra, un sourire énigmatique aux lèvres.

Enfoncée dans son siège, Kirsten n'en finissait pas de se reprocher son attitude. Rowe Sevrin n'avait peut-être prêté aucune attention à la naissance de son enfant, mais rien ne lui prouvait qu'il n'en réclamerait pas la garde, le moment venu. Et Natalie n'étant plus de ce monde, il jouerait sur du velours.

Comme ils poursuivaient leur chemin, elle l'entendit vaguement faire quelques remarques sur le parcours. Il ne lui restait plus qu'à espérer qu'un imprévu surgisse le lendemain et l'empêche de tenir sa promesse !

Mais, cette fois encore, la vie n'avait pas décidé de lui faciliter la tâche.

Par ce beau samedi après-midi, Jeffrey observait avec attention les allées et venues devant le cottage, tandis que Kirsten essayait de rester sereine en mettant de l'ordre dans la cuisine.

— Il est là ! s'écria soudain le petit garçon. Ça y est, il est arrivé, le vicomte d'Aragon !

— Jeffrey, attends…

L'enfant s'était déjà précipité vers la porte et courait à la rencontre de Rowe. Le cœur battant, Kirsten sortit à son tour. Le long regard dont l'enveloppa Rowe après avoir salué le garçonnet ne lui échappa pas. Elle avait mis ce jour-là un jean et un T-shirt marin, et avait relevé ses cheveux en une queue-de-cheval retenue par un ruban. Ce matin-là, en s'habillant, elle avait pourtant essayé de se convaincre qu'elle n'apportait pas un soin particulier à sa toilette.

— Je vais chercher mon cerf-volant, monsieur le vicomte ! s'exclama Jeffrey, tout excité.

Rowe s'était agenouillé devant l'enfant pour être à son niveau, et, à la vue des deux têtes brunes rapprochées, Kirsten sentit son cœur se serrer.

— Pourquoi ne m'appellerais-tu pas Rowe, puisque nous allons devenir copains ?

Jeffrey écarquilla les yeux.

— C'est bien Vicomte, votre nom ?

— Vicomte est mon titre. Comme prince ou princesse.

Le garçonnet se tourna vers Kirsten.

— Et moi, est-ce que j'en ai un, de titre ?

— Bien sûr.

C'était Rowe, qui avait répondu, et Kirsten retint son souffle. En d'autres circonstances, Jeffrey aurait été le prochain vicomte.

— Ton titre est *monsieur* Bond.

L'enfant pouffa de rire.

— C'est drôle ! Maman, elle dit qu'on peut m'appeler Jeff, ou Jeffrey.

En voyant Rowe reporter son regard sur elle, Kirsten se demanda si son visage accusait le manque de sommeil. Elle n'avait pas dormi plus de quatre heures, la nuit précédente. Rowe avait lui aussi les traits tirés, mais elle ignorait si elle en était la cause. D'ailleurs, quelle importance ? Cette pensée n'aurait même pas dû lui effleurer l'esprit.

Pourtant, elle avait de plus en plus de mal à considérer comme un ennemi cet homme séduisant et attentionné, qui de plus suscitait en elle de telles sensations.

— J'ai moi aussi deux prénoms : Romain et Rowe. Je préfère le diminutif, Rowe, expliqua-t-il à Jeffrey.

— Pourquoi ?

— Tu poses trop de questions, jeune homme ! Alors, tu vas le chercher, ce cerf-volant ?

— Il est dans ma chambre. Vous venez avec moi ?

— Rowe n'a certainement pas..., intervint Kirsten.

Mais elle dut en rester là. Plus personne ne l'écoutait. Jeffrey et Rowe montaient déjà l'escalier conduisant à la chambre de l'enfant. Ce dernier lui lança un regard amusé par-dessus son épaule, et continua de se laisser guider.

Sur le point de les suivre, Kirsten marqua un temps d'arrêt. Comment diable Rowe avait-il réussi à se rapprocher à ce point de Jeffrey et d'elle en si peu de temps ? Elle avait l'impression de le connaître depuis longtemps, très longtemps. Et les descriptions faites par sa sœur n'y étaient pour rien. Il s'agissait d'un sentiment personnel, primitif, qu'elle n'aurait su expliquer.

Soudain, elle se rappela la photo de Natalie et elle, accrochée dans la chambre de Jeffrey. Son sang ne fit qu'un tour.

Quelques secondes plus tard, aussi naturellement que possible, elle passait le seuil de la pièce. Accroupi sur la moquette à côté de Jeffrey, Rowe l'aidait à placer des voitures téléguidées sur le circuit en forme de huit qu'elle lui avait offert à Noël dernier. Une occupation classique, entre un père et son fils...

Elle fit quelques pas vers la commode, et déplaça une peluche afin qu'elle cache la fameuse photo. Il fallait cependant mettre un terme à cette situation. Elle ne pouvait pas passer son temps à supprimer tout indice susceptible de révéler à Rowe son véritable lien avec l'enfant.

— Les voitures sont en place. La course peut commencer ! déclara Jeffrey.

Le petit garçon appuya sur les boutons de sa télécommande, et l'un des bolides miniatures quitta la ligne de départ. Kirsten remarqua que Rowe prenait son temps pour faire démarrer l'autre véhicule. Quand sa voiture partit, celle de Jeffrey avait déjà parcouru la moitié du circuit. Cette stratégie alla droit au cœur de la jeune femme.

Au moment où le premier bolide franchissait la ligne d'arrivée, Rowe dit à Jeffrey :

— Cette victoire devrait te rapporter au moins trois cent cinquante points !

L'enfant prit sa voiture et la regarda sous tous les angles.

— Comment vous le savez ?

— Durant une saison, chaque course automobile rapporte des points, qui sont additionnés pour sacrer le champion de l'année. Les points sont liés à la difficulté de la course.

— Quand je serai grand, je serai pilote automobile, déclara le garçonnet d'un air confiant.

104

En entendant ces mots, Kirsten se mordit la lèvre. L'héritage génétique de Jeffrey aurait-il un tel impact sur son avenir ?

— Tu as bien le temps de réfléchir à cela, déclara Rowe. Nous devons pour le moment nous occuper de ton cerf-volant.

Kirsten aurait parié que le cerf-volant ne décollerait pas. C'était sans compter sur l'adresse et la ténacité de Rowe, qui avait en outre pensé à apporter baguettes de bois, colle et ficelle afin de renforcer la frêle structure du jouet.

Au bout de quelques minutes, Jeffrey courait dans le pré, fou de joie.

— Regarde, maman, comme il vole bien ! Il ne montait pas si haut dans le ciel quand on l'a essayé à l'école.

— Je vois bien, mon cœur. Bravo !

Comme l'enfant s'éloignait, elle se tourna vers Rowe, et, d'instinct, lui posa la main sur le bras.

— Merci.

— Tout le plaisir est pour moi.

— Vous avez l'air sincère…

— Je le suis ! Ça m'amuse beaucoup d'aider votre fils à faire voler son cerf-volant. Ce gamin est formidable. Vous pouvez en être fière.

— Je me suis efforcée de lui transmettre les valeurs qui, pour moi, sont essentielles.

Elle se passa la langue sur les lèvres. Mieux valait éviter de trop parler de Jeffrey avec Rowe. Pourtant, elle avait du mal à s'en empêcher. Et si c'était justement à cause de l'enfant qu'elle se sentait aussi proche du vicomte ? Non. Bien sûr que non. Ce qu'elle éprouvait pour Rowe Sevrin n'était pas lié à l'existence de Jeffrey, elle le savait bien.

— Pourquoi froncez-vous les sourcils ? lui demanda-t-il soudain.

— Oh… je me disais qu'il ne faudrait pas rentrer trop tard. Nous avons prévu une sortie au zoo demain, et je dois préparer le pique-nique.

— Rentrez, je m'occupe de Jeffrey. Je vous le ramènerai en fin d'après-midi.

Kirsten, qui n'avait pas prévu de laisser si longtemps l'enfant en tête à tête avec Rowe, secoua la tête.

— C'est très gentil, mais je ne tiens pas à abuser de votre temps.

— Je ne vous le proposerais pas, si ça me dérangeait, répliqua Rowe.

Il repoussa une mèche brune qui lui barrait le front, en un geste qui lui rappela terriblement Jeffrey.

— Encore une fois, merci… mais non.

— C'est vous qui décidez, fit-il, incapable de

106

cacher sa déception. Dans ce domaine, du moins. Dommage… J'avais l'intention de vous inviter tous les deux à dîner.

La sensation de danger imminent qu'elle avait déjà ressentie plusieurs fois s'insinua de nouveau en Kirsten. Un danger qui la menaçait elle, ou plutôt Jeffrey ? Difficile à savoir.

— Merci. Mais le dîner est déjà prêt.

Et elle n'envisageait pas de proposer à Rowe de le partager !

— Vous ne pourrez pas étouffer éternellement ce que nous ressentons l'un pour l'autre, déclara soudain Rowe.

— Je ne cherche pas à étouffer quoi que ce soit ! répliqua-t-elle avec humeur. Et vous ne pouvez pas, vous, faire irruption dans ma vie et décider de tout réorganiser !

— Ce n'est pas ce que je vous demande. J'aimerais que vous m'y réserviez un peu de place, dans cette vie, rien de plus.

— Supposons que je n'en aie pas envie ?

— Je suis persuadé du contraire. Et vous finirez vous aussi par l'admettre. Ce n'est qu'une question de temps.

De nouveau, il arborait cette arrogance royale…, songea la jeune femme. Si seulement elle avait eu

107

assez de fermeté pour affirmer le contraire ! Mais elle se tut.

Le cerf-volant venait de chuter, comme son humeur. Tandis que Rowe rejoignait Jeffrey pour relancer le jouet dans les airs, elle poussa un long soupir. Il était bien possible que l'insupportable vicomte ait raison.

7.

Kirsten avait toujours noyé ses soucis dans le travail. L'arrivée de Rowe lui ayant justement occasionné une surcharge de travail, elle s'y plongea à corps perdu et apporta une attention toute particulière aux préparatifs des deux prochaines expositions du château. L'une, qui ouvrirait ses portes dans les semaines suivantes, était consacrée aux premiers explorateurs européens ayant touché terre dans l'actuel Etat de Carramer. L'autre, qui se déroulerait un peu plus tard, retracerait l'histoire des premiers aborigènes des îles du Pacifique Sud. A cela s'ajoutait bien sûr la colossale organisation de la course cycliste.

D'un point de vue professionnel, Rowe était d'une efficacité admirable. Il lui avait suffi de quelques jours pour convaincre les athlètes les plus célèbres de participer à ce Tour de Merrisand. Il avait même commencé à contacter les principales chaînes de télévision de plusieurs pays, afin de revendre les droits de retransmission de la manifestation sportive.

Kirsten, pour sa part, s'occupait de la partie publicitaire. Elle se félicitait d'avoir, en peu de temps, su rallier quelques grands noms à cette cause. Et elle était résolue à s'investir dans cette tâche, quels que soient ses sentiments à l'égard de la course.

Ou de Rowe.

Comme ce nom lui venait une fois de plus à l'esprit, elle soupira. Elle n'avait pensé que trop souvent à lui, durant la semaine. Et si elle lui reconnaissait maintes qualités, et ne pouvait nier le charme qu'il exerçait sur elle, elle ne pouvait pas non plus refuser de voir une terrible ressemblance entre Rowe et Félix, ce père qui avait rendu sa mère malheureuse.

Un bref coup retentit soudain à la porte du bureau, et l'objet de ses tourments fit son apparition. Le cheveu en bataille, l'œil luisant, il apportait avec lui une bouffée de grand air.

— Par un temps pareil, vous auriez dû m'accompagner pour faire les repérages, déclara-t-il sans ambages en s'asseyant sur le bord de sa table de travail.

— J'avais de nombreuses choses en attente, ici.

— Ne me dites pas que vous avez encore oublié de déjeuner…

— D'accord, je ne vous le dirai pas.

— Vous ne nous serez pas d'une grande utilité si vous vous mettez à dépérir !

— Jusqu'ici, il me semble avoir réussi à faire tout ce dont vous m'avez chargée, en dépit de mon état de faiblesse avancée…, riposta-t-elle, les lèvres pincées.

Il croisa les bras sur sa poitrine et, sans la quitter du regard, hocha la tête.

— Difficile de prétendre le contraire ! Je constate avec plaisir que vous vous investissez dans ce projet.

— Projet qui n'a pourtant jamais soulevé mon enthousiasme, observa-t-elle avec une moue éloquente.

— J'imagine ce dont vous êtes capable, dans le cas inverse…

Ne te laisse pas distraire. Il s'agit d'une conversation à caractère professionnel, se dit Kirsten.

Elle lança un bref regard à sa montre, referma le dossier sur lequel elle travaillait, et se leva.

— Bien, je vais rentrer.

— N'est-il pas trop tard pour passer chercher Jeffrey à l'école ?

— C'est ma voisine, Shara, qui se charge de récupérer les enfants, aujourd'hui. Nous y allons à

111

tour de rôle. A l'heure qu'il est, Jeffrey doit être en train de jouer avec Michael.

Rowe hocha de nouveau la tête, l'air satisfait, cette fois.

— Donc vous n'êtes pas pressée de partir.

Pourquoi avait-il fallu qu'elle lui parle de Shara ? se demanda la jeune femme. Désormais elle n'avait plus aucun prétexte pour lui fausser compagnie. D'un autre côté, si elle n'avait rien dit, il lui aurait proposé de la raccompagner. Deux fois dans la semaine, il était venu chercher Jeffrey à l'école avec elle. Et elle n'avait pas manqué de remarquer que leur « couple » suscitait une curiosité grandissante. Rowe n'avait pas l'air de s'en soucier, ce qui cadrait bien avec l'image qu'elle avait de lui. Il était habitué aux commérages, elle pas. Et elle ne tenait surtout pas à être considérée comme l'une de ses conquêtes.

Jeffrey, lui, n'avait pas de tels scrupules. Il ne cachait pas son plaisir de voir le vicomte, qu'il prenait tout naturellement par la main, et auquel il racontait sa journée. Par moments, Kirsten se demandait même si sa position était la bonne, et si elle ne devrait pas plutôt réunir le père et le fils.

Son instinct lui disait cependant de rester sur cette voie. Elever un enfant représentait un engagement à long terme. Il était hors de question que

Rowe s'amuse avec le garçonnet, puis le délaisse lorsqu'il aurait envie de passer à un autre jeu. Ce serait dramatique pour Jeffrey. Mieux valait qu'il ignore la vérité, sans quoi il s'attacherait à Rowe, et souffrirait lorsque celui-ci l'abandonnerait pour partir vers d'autres cieux.

— Il ne faut pas que je tarde trop, reprit-elle. Je ne veux pas abuser de la gentillesse de Shara. Son mari en fait déjà bien assez en emmenant Jeffrey et Michael pêcher, ce week-end.

Lorsqu'elle prononça ces mots, elle vit une petite flamme danser dans les prunelles de Rowe, et devina aussitôt que, cette fois encore, elle en avait trop dit. Beaucoup trop. Il savait à présent qu'elle serait libre durant le week-end. D'ailleurs, était-ce bien une erreur de sa part ? Inconsciemment, n'avait-elle pas décidé de lui faire passer un message ?

Kirsten n'osait pas bouger, sous ce regard intense.

— Dans ce cas, je ne vous retiendrai pas plus longtemps, finit-il par déclarer. La météo annonce du beau temps pour les jours à venir. Ce sera un week-end de pêche réussi.

Evidemment, elle n'était pas déçue qu'il ne lui propose aucun rendez-vous pendant son week-end en célibataire. *Pas du tout déçue.*

Il jouait sans doute avec elle, comme les chats avec les petits lézards qui couraient entre les pierres du château. Dans la mesure où elle refusait ses avances, il prenait plaisir à s'amuser avec elle. Un sentiment d'amertume envahit brusquement la jeune femme. Quelle idiote ! Mais avec un homme de sa trempe, que pouvait-elle espérer d'autre ?

Quand elle fut prête à quitter son bureau, il avait déjà rejoint le sien, et travaillait sur son ordinateur. Le regard rivé sur l'écran, il hocha la tête lorsqu'elle lui souhaita un bon week-end.

— Bon week-end à vous aussi, Kirsten, se dit-elle à elle-même, sarcastique, tandis qu'elle traversait le long couloir qui conduisait à la sortie.

La perspective d'un week-end de liberté n'allait tout de même pas la plonger dans un état dépressif ? Le lendemain, elle ferait du shopping, irait chez le coiffeur, puis commanderait une pizza et regarderait une comédie sentimentale. Jeffrey lui gâchait toujours les moments les plus tendres du film en gloussant quand le héros et l'héroïne s'embrassaient. Comme il rentrerait le dimanche en fin de matinée, elle prendrait même son petit déjeuner au lit !

Réconfortée par ce programme, elle rentra chez elle, où l'attendaient les préparatifs d'un pique-nique pour dix enfants. Suite à quoi elle consacra son énergie à calmer un Jeffrey surexcité, afin qu'il consente à se coucher à une heure décente.

Le lendemain, après le départ des campeurs, elle se sentait un peu fatiguée pour courir les boutiques, et commença par l'opération coiffeur. Lorsqu'elle en ressortit, deux heures plus tard, elle n'était pas certaine de ne pas avoir commis une erreur. Sa coiffeuse l'avait convaincue de raccourcir sa coupe de cinq bons centimètres, et aussi de tenter « un reflet », ce qui accentuait les tons cuivrés de sa chevelure.

Etant toutes les deux libres ce week-end-là, Shara et elle avaient décidé de déjeuner ensemble. Elles se retrouvèrent à la terrasse d'un restaurant qui jouissait d'une jolie vue sur les remparts du château.

Lorsqu'elle la vit arriver, Shara hocha la tête avec un sourire approbateur.

— Tu es superbe ! Cette nouvelle coiffure te va très bien.

— Tu es sûre que ce n'est pas un peu trop court, un peu trop voyant… *un peu trop,* tout court ?

— Ma belle, répliqua la charmante métisse, quand on a dans sa vie un homme comme Rowe Sevrin, rien n'est *trop* !

— Ma relation avec Rowe Sevrin est professionnelle, Shara, lui dit un peu sèchement Kirsten.

115

— Bien sûr. C'est bien pour cette raison qu'il va chercher ton fils à l'école avec toi, qu'il vous raccompagne au cottage… J'avais autrefois un collègue de travail un peu comme ça. Il est devenu mon mari.

— Tu divagues ! protesta la jeune femme, qui sentait néanmoins ses joues s'empourprer. Rowe loge dans les appartements réservés aux chefs d'Etat, donc quand il rentre chez lui, l'école est sur son chemin. Lorsque la course cycliste sera terminée, il partira sans doute pour Solano.

L'œil espiègle, Shara hocha de nouveau la tête.

— Bien entendu…

Elle referma la carte qu'elle consultait lorsque Kirsten l'avait rejointe, et posa ses deux mains sur la table.

— Nous nous connaissons depuis un bon moment maintenant, non ?

Shara, dont les ancêtres comptaient parmi les premiers habitants de Carramer, travaillait déjà au château lorsque Kirsten y était arrivée. Elle était secrétaire particulière de la princesse Giselle, et se passionnait pour l'art, ce qui avait vite rapproché les deux jeunes femmes. Leurs liens d'amitié s'étaient renforcés par le biais des enfants.

— En effet.

— Assez longtemps pour que tu me fasses confiance, je suppose.

Kirsten acquiesça.

— Donc si je te dis que tu as changé ces derniers temps, tu peux me croire ! Tu présentes tous les symptômes d'une femme amoureuse.

— C'est impossible. Je dois tenir compte de Jeffrey.

Le serveur arriva, et elles commandèrent du poisson grillé accompagné de petits légumes.

— Tu t'occupes très bien de Jeffrey. Mais ça ne devrait pas t'empêcher de penser aussi à ta vie. Au contraire, même.

— La vie que je mène me convient à merveille. Je n'ai aucun besoin d'un homme pour la compléter.

— Il ne s'agit pas de la « compléter », mais de la rendre plus drôle, plus agréable, plus… passionnée !

Kirsten sut gré au serveur d'arriver à ce moment-là avec les boissons. Shara croyait elle aussi qu'elle était la mère de Jeffrey. Comment aurait-elle réagi si elle lui avait dit qu'elle ne connaissait rien à l'amour, et si elle lui avait avoué qu'elle était encore vierge ?

La vierge la plus âgée de la terre, sans aucun doute ! se disait-elle parfois.

Au XXIe siècle, attendre le prince charmant pouvait

paraître quelque peu excentrique, mais ce choix lui convenait. Sauf lorsqu'elle se trouvait mêlée à une conversation de ce genre.

Elle enviait à Shara sa relation avec son mari. Après de longues années de mariage, ils étaient encore très amoureux l'un de l'autre.

Cet après-midi-là, alors qu'il faisait des heures supplémentaires à son bureau, Rowe pensa à deux reprises qu'il devait consulter Kirsten sur des points précis. Les deux fois, il réussit à se persuader que les questions qu'il avait à lui poser pourraient attendre jusqu'au lundi.

Lorsqu'il fut confronté pour la troisième fois à cette situation, il fut bien obligé d'affronter la réalité : il avait envie de la voir. Mais elle, avait-elle envie de le voir ? De toute évidence, elle s'en était voulu de lui avoir révélé qu'elle serait seule, ce week-end. Comment l'accueillerait-elle, s'il sonnait à sa porte ? Elle était bien capable de ne pas le laisser entrer.

Mais aussi de l'inviter à boire un verre.

En quelques gestes secs, il éteignit son ordinateur et se leva. Il existait un seul moyen d'en avoir le cœur net.

Mais en s'approchant de la maison de la jeune femme, il sentit la déception l'envahir. Il ne s'attendait

pas à trouver le cottage vide. Kirsten serait-elle…
avec un homme ? Les poings enfoncés dans les
poches de son pantalon, il se mit à faire les cent
pas devant chez elle.

S'il levait les yeux, il voyait le donjon du château,
avec le drapeau aux couleurs de Merrisand qui y
flottait. Mais autour de lui, le décor ressemblait à
un petit village de campagne. Si les cottages étaient
tous identiques, le plus coquet, le plus fleuri était
incontestablement celui de Kirsten.

Kirsten…

Elle ne lui avait parlé d'aucun homme dans sa
vie, mais Jeffrey avait bien eu un géniteur. La rage
monta en lui. Une rage dont l'intensité le surprit.
Quel mufle avait pu être capable de faire un enfant
comme Jeffrey, et de l'abandonner ? Bien sûr, il
était également possible que ce soit Kirsten qui soit
partie. Il en doutait, cependant. Elle n'était pas le
genre de femme à baisser les bras.

Mias après tout, qu'en savait-il, au juste ? Il ne la
connaissait que depuis quelques jours. Il ne demandait d'ailleurs qu'à mieux les connaître, son fils et
elle. A ce moment-là, il imagina le visage radieux
du garçonnet, face à sa première prise.

Il avait envie de l'emmener lui aussi à la pêche.
Envie de… de faire partie de cette famille !

Il aurait aimé avoir un enfant comme Jeffrey. Leurs rapports étaient simples, naturels. Le garçonnet ne se laissait impressionner ni par son rang, ni par son titre de champion de Formule 1. Pas plus que Kirsten, qui ne lui donnait certainement pas l'impression de briguer le titre de vicomtesse ! La vie qu'elle menait semblait très bien lui convenir.

S'il s'y immisçait, il bouleverserait un ordre bien établi. En avait-il le droit ? Il avait remarqué la curiosité qu'éveillait sa présence devant la porte de l'école. Bientôt, les médias parleraient d'idylle entre eux.

Mieux valait donc la laisser en paix. Elle n'avait pas besoin de ce genre de publicité, et il n'avait pas, lui, besoin de se compliquer l'existence.

— Rowe… Que faites-vous là ?

Il la vit, et son cœur se mit à cogner dans sa poitrine.

— Vous avez changé de coiffure.

Inconsciemment, il s'était rapproché d'elle et avait tendu la main vers sa chevelure cuivrée.

— J'ai fait rafraîchir la coupe et… raviver la couleur.

— Ça vous va bien. Vous êtes très belle.

— Merci, fit-elle en rougissant. Vous… aviez besoin de quelque chose ?

120

De quelqu'un, plutôt, pensa Rowe.

— Eh bien… il se trouve que j'ai essayé d'avancer dans mon travail cet après-midi, et que je me suis heurté à quelques petits problèmes que vous n'auriez aucun mal à résoudre, j'en suis sûr.

— Ça ne pouvait pas attendre jusqu'à lundi ?

Il n'aurait pas dû venir. Sa présence la dérangeait. Elle avait les bras chargés de paquets. Des provisions, sans doute. Elle allait préparer à dîner. Elle attendait quelqu'un.

— Vous avez raison, marmonna-t-il, prêt à rebrousser chemin. Ça peut très bien attendre. A lundi, Kirsten.

— Rowe ! lança-t-elle pourtant au moment où il tournait les talons. Vous ne voulez pas entrer ?

Il la regarda se déplacer dans le salon avec la grâce d'une danseuse.

— Asseyez-vous, dit-elle avec un geste en direction du canapé. Je vous sers du thé, un café ?

Va-t'en ! ajouta-t-elle en son for intérieur. Que lui avait-il donc pris de l'inviter à entrer ?

— Un café, s'il vous plaît.

— Vous le prenez comment ?

— Avec un sucre et une pointe de crème, comme vous.

Elle le dévisagea, étonnée.

— Comment le savez-vous ?

Au souvenir de l'après-midi où il lui avait apporté un café et s'était retrouvé face à La Belle au bois dormant, il sourit.

— Je vous répondrai par deux mots : *chaussures neuves* !

Kirsten cligna des paupières, tandis que les

souvenirs des jours passés affluaient à sa mémoire. Ces maudites chaussures à talons hauts la faisaient terriblement souffrir. Il l'avait raccompagnée, elle s'était endormie dans un fauteuil et avait rêvé qu'il l'embrassait…

— Vous les portez toujours ? s'enquit-il.

— Je ne les ai pas remises depuis le jour de votre arrivée.

Il était très élégant, ce jour-là, dans son costume clair, mais elle le trouvait bien plus attirant aujourd'hui, avec ce jean et cette chemise en lin.

Elle eut l'impression d'entendre Shara : « *De qui te moques-tu, ma belle ?* »

L'expérience de Natalie ne lui avait donc été d'aucune utilité ?

Pour cacher son trouble, elle prépara du café. Ils en boiraient une tasse ensemble, puis il lui parlerait des problèmes qu'il avait rencontrés, elle lui proposerait des solutions, et ensuite il repartirait.

— Bien, commença-t-elle en posant les tasses sur la table basse, qu'est-ce qui vous a amené jusqu'ici ?

Après avoir bu une gorgée du breuvage corsé, Rowe sourit à la jeune femme.

— Je pourrais bien sûr inventer quelque chose.

Mais ce ne serait qu'un prétexte. En vérité... je pense tellement à vous que j'ai du mal à travailler.

— Ah ? Ce n'est pourtant pas l'impression que vous m'avez donnée, hier après-midi ! Vous étiez tellement captivé par l'écran de votre ordinateur que vous avez à peine remarqué mon départ...

— J'essayais de m'en persuader, mais j'étais en fait conscient du moindre de vos mouvements, de l'autre côté de la cloison. Est-ce que vous savez que vous poussez un soupir de satisfaction, tous les soirs, quand vous fermez la porte de votre bureau ?

— Vous êtes... très observateur, murmura-t-elle en baissant les yeux sur sa tasse de café.

— Pour tout ce qui vous concerne, oui.

— Ecoutez... je ne pense pas que nous devions rester sur ce terrain. Je ne veux pas avoir de relation avec un homme comme...

Elle se tut, et il vint la rejoindre au bout du canapé, où elle se tenait dans une attitude guindée.

— Un homme *comme moi*. C'est ce que vous alliez dire, n'est-ce pas ? Et qu'est-ce que ça signifie, au juste ?

— Vous le savez bien, voyons ! Votre image de play-boy est connue de tout le monde.

— Et si ce n'était effectivement qu'une image

124

que je donne de moi-même ? Une façade, si vous préférez.

Elle ne le croyait pas. A elle seule, l'existence de Jeffrey prouvait qu'il mentait.

— Je me demanderais pourquoi vous tenez à ce point à me convaincre, répondit-elle.

— Comme si vous ne le saviez pas. Venez avec moi, Kirsten, dit-il à voix basse en lui prenant la main.

— Où ?

— Vous verrez.

Son regard fut alors attiré par les paquets que la jeune femme avait empilés sur le bar.

— A moins que vous n'attendiez quelqu'un, bien sûr…

— Non. Ce ne sont pas des provisions. J'ai fait du shopping.

Son air soulagé intrigua la jeune femme. Qu'avait-il imaginé ? Qu'elle avait… un rendez-vous galant ? Il n'était tout de même pas jaloux ?

— Je peux regarder ?

Avant qu'elle ne le lui interdise, il avait plongé la main dans l'un des sacs et en ressortait une nuisette de soie imprimée.

— J'aimerais bien que vous l'essayiez…

Elle lui prit vivement le sous-vêtement des mains, pour le remettre dans le sac.

— Il n'en est pas question !

— Soit. Ça nous ramène donc au plan A.

Quelques minutes plus tard, ils traversaient le long couloir central du château, qui conduisait à un escalier en pierre taillée. Médusée, Kirsten vit Rowe saluer le garde qui se trouvait tout en haut de cet escalier. Celui-ci ouvrit une première porte métallique, puis ils firent quelques mètres et il en ouvrit une autre.

Kirsten connaissait le château de fond en comble. Derrière ces portes se trouvaient les objets de collection les plus précieux. Et le toit avait été aménagé en piste pour hélicoptère.

Les yeux grands ouverts, elle posa la main sur le bras de Rowe tandis qu'ils entraient dans un ascenseur ultramoderne.

— Une petite minute… Où allons-nous ?

— Surprise !

Mais elle ne fut pas étonnée de voir l'hélicoptère crème, qui portait inscrites sur les flancs les armoiries royales.

— Rowe, je voudrais savoir…

— Vous allez savoir.

Sans plus l'écouter, il l'aida à monter dans l'hélicoptère, et s'installa au poste de pilotage. Le cœur battant, elle entendit le moteur vrombir et prit le casque que lui tendait son compagnon. Elle ignorait où il envisageait de l'emmener, et si surtout elle avait envie d'y aller. Pourquoi ne détachait-elle pas sa ceinture et ne sautait-elle pas de l'engin, avant qu'il ne décolle ? Qu'est-ce qui la retenait là ? La curiosité, ou plutôt le désir de rester auprès de Rowe ?

Les deux. Comme ces mots s'imprimaient dans son esprit, elle se demanda pour la énième fois si elle n'avait pas perdu la raison. Elle savait ce que valait cet homme. Se laisser guider par une réaction purement chimique relevait de l'absurde.

Elle ne bougea cependant pas.

A travers les oreillettes du casque, elle entendit Rowe parler à quelqu'un, mais cet échange de termes techniques ne l'éclaira pas sur la direction qu'ils allaient prendre.

Puis ils décollèrent. Le donjon du château se mit à rétrécir. Elle reconnut au passage son cottage, juste avant que le quadrillage des rues de la ville ne ressemble plus qu'à un jeu pour enfants. Bientôt, ils survolaient l'immensité émeraude de l'océan Pacifique. A ce moment-là, elle prit conscience de la portée de son acte et sentit son estomac se nouer. Ils étaient seuls, tout là-haut. Vraiment seuls.

Les contours d'une île entourée d'un lagon se profilèrent bientôt en dessous d'eux. De gros rochers bordaient une partie de cette île. L'autre partie surplombait des eaux profondes, d'un bleu presque marine. Comme l'hélicoptère descendait, Kirsten put admirer la luxuriante végétation tropicale : palmiers, manguiers, avocatiers…

Rowe atterrit tout doucement sur une étendue de sable blanc damé. Lorsque le moteur se tut, il lui enleva lui-même son casque et lui sourit.

— Nous voici arrivés sur mes terres. Cette île, que j'ai nommée Bijou-Caillou, m'appartient.

Il était déjà descendu de l'hélicoptère, qu'il contournait, pour venir lui ouvrir.

— *Votre* île…, répéta-t-elle.

— Oui. J'en ai hérité avec mon titre de vicomte.

Elle prit la main qu'il lui tendait pour l'aider à mettre pied à terre.

— Et pour quelle raison m'avez-vous amenée ici ?

— Pour vous faire admirer le coucher de soleil. Regardez.

Sans la lâcher, il lui fit traverser quelques mètres et se tourna vers l'ouest. Kirsten resta sans voix face au spectacle de la boule de feu qui déclinait à l'horizon, dans une palette de couleurs éblouissantes.

Carramer était réputé pour ses couchers de soleil spectaculaires, mais elle n'en avait jamais vu d'aussi beaux. Rowe, qui s'était encore rapproché d'elle, lui passa le bras autour des épaules.

— Alors ? lui chuchota-t-il à l'oreille.

Elle ne put que hocher la tête. Pourquoi avait-elle accepté de le suivre jusqu'ici ? Quelle folie ! Il ne cherchait à avoir avec elle qu'une relation physique. Or, elle s'était toujours promis de se donner à celui qu'elle aimerait, celui avec qui elle pourrait avoir une relation durable.

En l'instant présent, elle ne se sentait pourtant pas la force d'ignorer le désir fou qui la submergeait, emportant tout sur son passage. En dépit de son manque d'expérience, elle reconnaissait la nature de ces sensations. Elle était prête à oublier tout ce qu'elle avait lu, vu et entendu sur Rowe, pour le plaisir de se retrouver dans ses bras. Bien sûr, elle n'avait aucune envie d'écouter la petite voix qui l'incitait à la prudence, et lui disait de s'éloigner de cet homme dangereux.

La voix insistait, pourtant. Elle essayait de la mettre en garde contre le jeune vicomte qui ressemblait

129

tant à son père. Elle lui rappelait aussi qu'il ne s'était pas manifesté, à la naissance de Jeffrey.

Kirsten en était là de ses pensées quand Rowe pencha la tête pour l'embrasser dans le cou. Elle frémit et, quand il chercha ses lèvres, ne put que répondre à son étreinte. Il suffisait qu'il la touche pour que toutes ses bonnes résolutions s'envolent. Agrippés l'un à l'autre, ils s'embrassèrent passionnément.

Jusqu'à ce qu'elle réussisse à le repousser.

— Je suis désolé, dit-il alors d'une voix rauque. Je n'avais pas l'intention de… vous assaillir comme je viens de le faire. J'avoue avoir du mal à me contrôler, en votre présence.

C'était réciproque, mais elle se garda bien de le lui avouer. Immobile, elle se taisait.

— Parlez, Kirsten. Dites quelque chose. N'importe quoi !

— Je voudrais… retourner à Merrisand.

— Tout de suite ?

Elle n'eut pas le temps de répondre, qu'il l'enlaçait de nouveau. Comment se rappeler *pourquoi* elle devait partir, *pourquoi* elle ne devait pas l'embrasser, *pourquoi*…

Rien d'autre n'existait que cette bouche brûlante sur la sienne, ce corps musclé pressé contre le sien.

— Veux-tu toujours que je te ramène à Merrisand ? chuchota-t-il enfin.

Ce tutoiement, qui renforçait leur toute nouvelle intimité, la fit hésiter.

— Oui, dit-elle néanmoins.

Comme le petit mot franchissait ses lèvres, elle se demanda où elle avait trouvé le courage de le formuler.

— Mais pas tout de suite ?

Rowe ne lui facilitait pas la tâche. Si seulement il s'était remis aux commandes de l'hélicoptère et avait consenti à la ramener chez elle, cela lui aurait laissé le temps de se ressaisir.

— Je voudrais te montrer Bijou-Caillou avant que nous repartions.

— Bon… D'accord, murmura-t-elle avec un regard de regret en direction de l'hélicoptère.

Vue du ciel, l'île paraissait inhabitée. Pourtant, après avoir marché quelques centaines de mètres dans la forêt tropicale, ils arrivèrent devant une maisonnette. Une cabane plutôt, avec son toit de paille et ses murs en planches. A l'intérieur, le sol était recouvert de dalles locales. Les quelques meubles en bambou présents jouaient quant à eux un rôle aussi décoratif qu'utilitaire.

Kirsten posa un bref regard sur le grand lit, avant

de porter son attention sur un coin salon, occupé par deux fauteuils, un canapé, une table basse et des étagères qui faisaient office de bibliothèque. Une cuisine moderne était séparée du salon par un bar lui aussi en bambou.

La jeune femme ouvrit des yeux étonnés lorsque Rowe alluma un lampadaire en appuyant tout simplement sur un interrupteur. Dans un cadre aussi rustique, elle aurait pensé que l'éclairage se faisait à la bougie ou à la lampe à huile.

Sa réaction ne lui échappa pas.

— Je ne suis pas Robinson Crusoé ! déclara-t-il, amusé.

— Je vois bien…

— Je possède une plantation de fruits tropicaux sur l'autre partie de l'île. C'est un couple qui s'en occupe. Quand je viens, j'appelle Jill et Dan pour qu'ils aient le temps de préparer la cabane et de mettre quelques provisions dans le réfrigérateur.

Le lampadaire diffusait une lumière douce, qui accentuait l'intimité de ce tête-à-tête. D'instinct, Kirsten se réfugia dans l'endroit le plus reculé du bar.

— Et vous… tu viens souvent ? lui demanda-t-elle d'une voix mal assurée qu'elle reconnut à peine elle-même.

132

Il avait pris deux verres derrière le bar, et ouvrait la porte du réfrigérateur.

— Aussi souvent que possible. Chaque fois que mes activités me le permettent.

Il remplit les deux verres d'un liquide ambré, et en tendit un à la jeune femme qui avait la gorge sèche et le porta aussitôt à ses lèvres.

— Mm… Qu'est-ce que c'est ?

— Un mélange de jus de goyave et d'ananas, en provenance directe de ma plantation !

— C'est différent des goûts auxquels on est habitués, mais c'est délicieux.

— Tu n'en as pas l'air bien certaine.

Le manque d'assurance qu'il percevait dans son attitude n'était en rien dû au jus de fruits. Kirsten était furieuse contre lui, furieuse surtout contre elle-même et contre la situation dans laquelle elle se trouvait.

Pour la première fois de toute son existence, elle comprenait sa mère. Celle-ci aimait tellement l'homme qu'elle avait épousé qu'elle n'avait jamais pu le quitter malgré tout ce qu'il lui avait fait endurer. Jusqu'ici, Kirsten avait toujours pensé qu'elle était restée avec lui dans le seul but de leur épargner une séparation, à sa sœur et à elle. Mais elle s'était trompée, celui lui paraissait désormais évident.

133

— J'amène très peu de gens ici, fit Rowe en se rapprochant d'elle. Mais tu ne me donnes pas l'impression d'être une étrangère. Ni ici, ni dans ma vie.

Il se trouvait à présent face à elle, et n'eut qu'à tendre les bras pour l'attirer contre lui.

— Comment tout cela a-t-il pu se produire aussi vite ?

— Je… ne sais pas.

— Tu en es consciente toi aussi, n'est-ce pas, de ce courant très fort qui passe entre nous ?

A quoi bon mentir ? Son corps lui avait déjà répondu.

— Oui, fit-elle dans un souffle.

— Dans ce cas, cessons de lutter contre nous-mêmes. Aie confiance en moi.

Depuis que le destin avait placé Rowe sur sa route, le mot *non* semblait avoir disparu de son vocabulaire.

Mais qu'adviendrait-il, après le *oui* ?

9.

Rowe servit le champagne rosé dans des coupes en cristal ciselé.

— A une nuit hors du temps.

— A une nuit hors du temps, répéta-t-elle.

Et elle ne mentait pas. Ce soir-là, elle n'était ni la sœur de Natalie, ni la mère de Jeffrey, mais une femme sur le point de découvrir l'amour.

Rowe se pencha pour cueillir un baiser sur ses lèvres, et lui sourit.

— Tu as un goût de champagne.

— Toi… aussi.

Sa vie amoureuse s'étant jusqu'ici limitée à quelques baisers, le vif désir qu'elle éprouvait ne parvint pas, à ce moment-là, à étouffer une certaine gêne.

— Je comprends ce que tu ressens, murmura-t-il en lui prenant la main. Tout est allé si vite… Et puis, tu es sans doute impressionnée aussi par l'hélicoptère, et par l'île. Pas par moi, j'espère ?

Par lui, surtout.

— Est-ce que tu as faim ? lui demanda-t-il ensuite.

Le déjeuner avec Shara remontait à bien long-temps, mais Kirsten n'avait pas faim. Elle affirma cependant le contraire, dans l'espoir que le fait de manger réussisse à apaiser la tension qui la tenaillait.

Rowe ouvrit de nouveau le réfrigérateur.

— Parfait, Jill a pensé à tout.

Il posa sur la table basse une grande assiette en forme de feuille de bananier, sur laquelle était joliment disposé un assortiment de fruits et de fromages.

Lorsqu'il s'assit à côté d'elle et lui présenta une tranche de mangue juteuse, Kirsten comprit que cette collation ne l'aiderait pas à recouvrer un semblant de calme. Auprès de Rowe, les gestes les plus anodins revêtaient un caractère sensuel intense. Le simple fait de le regarder manger lentement, en la dévorant du regard, attisait son désir pour lui.

— Si nous allions nous baigner ? lui proposa-t-il au bout de quelques minutes.

— Maintenant ?

— La lune devrait apparaître très bientôt, et

nous sommes en sécurité dans le lagon. Les récifs empêchent les requins d'approcher.

En cet instant précis, ce n'étaient pas les requins qui faisaient le plus peur à la jeune femme. Elle n'y avait d'ailleurs même pas pensé.

— Je n'ai pas de maillot, avança-t-elle, consciente de la stupidité de cette remarque. Je… ne peux quand même pas me baigner en sous-vêtements ?

— Pourquoi pas ? Personne ne te verra, et, de toute façon, tu auras très vite de l'eau jusqu'au cou.

Kirsten hocha la tête. Que signifiait cet accès de pudibonderie, alors qu'en restant là, elle s'engageait à franchir un cap important dans leur relation ?

Les bras chargés de draps de bain, Rowe ouvrit le chemin jusqu'à une superbe petite plage. Le sable clair contrastait avec la couleur de l'océan, sombre à cette heure tardive. La lune qui se levait éclairait assez les environs pour que Kirsten ne se déshabille pas dans le noir absolu. Mais pas assez — du moins l'espérait-elle — pour que Rowe distingue la dentelle qui ornait la soie prune de ses sous-vêtements.

Elle entra dans l'eau et, prête à plonger dans les vagues à la crête immaculée, lança un regard par-dessus son épaule. Elle s'arrêta net. Torse nu, Rowe se débarrassait de son pantalon. A la faible lueur de la lune, il était d'une beauté à couper le souffle, dans ce boxer-short noir. Elle passa la langue sur ses lèvres sèches. La sentant nerveuse, il avait proposé ce bain dans le seul but qu'elle se détende, elle était prête à le parier. Or, elle n'avait plus envie d'attendre. Elle voulait qu'ils fassent l'amour sans plus tarder, sur cette plage de sable fin.

Mais Rowe ne lui laissa pas le loisir d'exprimer son souhait. Pendant que ces pensées défilaient dans l'esprit de Kirsten, il était entré dans l'océan et avait plongé, soulevant autour de lui une succession de vaguelettes.

Médusée, la jeune femme le regarda nager un crawl si parfait, si pur, qu'il paraissait glisser sur l'eau. La lune répandait maintenant sur le paysage une poudre d'argent. Gagnée par la magie de ce moment, elle ne remarqua pas que Rowe nageait sous l'eau, et manqua de pousser un cri lorsqu'il refit surface tout près d'elle.

Il pressa son corps mouillé contre le sien, avant de la soulever dans ses bras.

— Mais que… que fais-tu ?
— J'en ai assez de nager seul.
— Lâche-moi !
— D'accord !

Elle ne s'attendait toutefois pas à ce qu'il la lâche

aussi brusquement et cria en tombant dans l'eau. Prompte à se relever, elle repoussa ses cheveux en arrière.

— Je trouve que vous exagérez, monsieur le vicomte ! s'exclama-t-elle. Où sont passées vos bonnes manières ?

— En ce moment, je ne sais pas trop…

Il avait le regard fixé sur sa poitrine.

— As-tu une idée de l'effet que peut produire sur un homme ce genre de spectacle…

Kirsten baissa les yeux sur ses seins, qui pointaient sous l'étoffe mouillée. Nue, elle aurait été moins provocante.

— Tu… voulais que nous nagions, non ? hasarda-t-elle.

— Plus maintenant.

Sans un mot de plus, il la souleva dans ses bras, regagna la plage et l'étendit sur une serviette, qu'il avait réussi à déplier du bout des pieds.

— Voilà ce que j'ai envie de faire, maintenant, dit-il en s'allongeant sans lâcher la jeune femme.

Un long frisson la parcourut tout entière tandis qu'il s'emparait de ses lèvres et commençait à la caresser. Ivre de désir, elle se suspendit à son cou. Elle partageait l'avis de Rowe : ces jeux de séduction avaient assez duré. Lorsque la paume de sa main se referma sur son sein, elle lâcha un gémissement et, d'instinct, se cambra contre lui.

Mais soudain, Rowe se figea. Kirsten n'osa plus bouger. Que s'était-il produit ? Son manque d'expérience l'aurait-il incitée à faire quelque chose qu'il ne fallait pas ?

— C'est impossible…, l'entendit-elle murmurer d'une voix altérée.

— Tu… ne veux pas ?

— Bien sûr que si, je veux ! J'attends ce moment depuis le soir où je t'ai raccompagnée chez toi. Tu n'imagines pas le nombre de nuits blanches que j'ai passées depuis…

— Alors ? insista-t-elle, décontenancée.

— Alors, quand nous avons quitté la cabane, je n'ai pris avec moi que ces serviettes.

Elle ne comprenait toujours pas où il voulait en venir.

— De quoi d'autre aurions-nous besoin ?

Dans la pénombre, le beau visage masculin penché au-dessus d'elle paraissait taillé dans le granit. Seuls les yeux couleur d'océan de Rowe trahissaient sa passion.

— Est-ce que tu es couverte par un moyen contraceptif ?

— Non, bien sûr. Je n'en ai aucune utilité.

Au moment où ces mots franchissaient ses lèvres, elle retint son souffle. Quelle imbécile elle était !

Mais il enchaînait déjà :

— Pourquoi ? Il n'y a pas eu d'homme dans ta vie, depuis le père de Jeffrey ?

Elle fut tentée de lui laisser croire cette version.

— Il me semble bien que ça n'explique pas tout, ajouta-t-il, apparemment conscient de son dilemme. Essaierais-tu de me dire que tu ne peux plus avoir d'enfants ?

— Non. Enfin... à vrai dire, je n'en sais rien.

Il bascula sur le côté. Ses prunelles luisaient toujours, mais de colère, cette fois.

— Jeffrey n'a quand même pas été conçu... dans la violence ? Tu peux m'en parler, Kirsten, je comprendrai. Je suis même prêt à retrouver l'espèce de salaud qui a fait cet enfant et qui s'est volatilisé. Crois-moi, il le regrettera !

— Tu n'as pas à chercher bien loin...

Seigneur Dieu ! Qu'avait-elle dit ?

Horrifiée, elle se leva d'un bond.

— Je voudrais que tu me ramènes à Merrisand dès que je me serai rhabillée.

— Pas si vite...

Rowe s'était lui aussi levé, et lui barrait la route.

— Je crois que tu as d'abord quelques explications à me fournir.

— Il n'y a rien à expliquer, répliqua-t-elle d'une voix saccadée. Je suis certaine que tu arriveras très bien à comprendre tout seul.

— Je pensais avoir compris, mais je n'en suis plus si sûr… A t'entendre, on jurerait que tu es vierge.

Elle baissa les paupières, se mit à trembler, et sentit ses joues virer au cramoisi.

— Dieu du ciel… je ne me trompe donc pas ? s'exclama Rowe. *Tu es* vierge !

Il s'était rapproché d'elle, et la tenait maintenant fermement par les épaules.

— Lâche-moi ! s'écria-t-elle.

— Pas avant que tu ne m'éclaires sur quelques points. Comment une vierge peut-elle avoir un enfant ?

— Je n'ai pas à répondre à tes questions, Rowe !

— Il n'y a pas très longtemps, j'aurais été d'accord avec toi. Mais plus maintenant. Nous sommes allés un peu trop loin, et je considère être en droit de savoir.

142

Kirsten ne répondit pas. Un froid glacial la pénétrait. Pouvait-elle se taire plus longtemps ?

— As-tu dit au père de Jeffrey qu'il avait un fils ?

— Il n'a pas voulu le savoir.

Rowe secoua la tête et, à voix basse, jura.

— Si Jeffrey était mon fils, je remuerais ciel et terre pour faire partie de sa vie !

Puis il marqua une pause, et elle vit ses mâchoires se crisper.

— Si toutefois on m'en laissait l'occasion, évidemment !

— Que veux-tu dire ? lança-t-elle, affolée à l'idée qu'il ait déjà tout deviné.

— Reconnais que cet enfant me ressemble beaucoup…

— Pure coïncidence.

— Ou héritage génétique. Il me ressemble en tout cas plus qu'il ne te ressemble. J'ajouterai que dès que je l'ai rencontré, je me suis senti proche de lui. Pour aussi absurde que cela puisse paraître, est-ce qu'il… serait possible que je sois son père ?

En un sanglot, la vérité jaillit des lèvres de la jeune femme.

— Oui. Oui, tu es son père !

Rowe laissa ses bras retomber le long de son corps,

et fixa Kirsten, abasourdi, comme s'il s'attendait à ce qu'elle revienne sur sa révélation.

— C'est donc vrai. J'ai un fils...

Puis l'expression de son visage se durcit de nouveau.

— C'est grotesque. Comment serait-il possible que nous ayons fait l'amour ensemble, et que je ne me souvienne de rien ?

— Ce ne serait pas la première fois ! lâcha-t-elle.

— Pardon ?

Il s'était exprimé d'un ton tranchant.

— Tu as bien pour habitude de collectionner les aventures, non ?

— Les médias m'ont collé cette étiquette de séducteur, et le protocole royal m'interdit de me défendre. Mais tu es quand même assez intelligente pour savoir que ce que prétend la presse à scandale n'est pas vrai à cent pour cent !

— Ah... Tu ne serais donc pas un don Juan, mais un valeureux prince prêt à sauver les demoiselles en détresse ?

— Epargne-moi tes sarcasmes, s'il te plaît ! J'essaie de comprendre. Si j'ai un fils, j'ai forcément eu une relation sexuelle avec sa mère ! Et si tu étais cette mère, je suis persuadé que je n'aurais rien oublié

144

de ces moments. J'aurais même fait en sorte que tu ne les oublies pas toi non plus. Or, tu n'as pas protesté quand j'ai supposé que tu étais vierge… Que se passe-t-il au juste, Kirsten ?

Incapable de supporter plus longtemps ce regard, la jeune femme tourna les talons et s'enfuit sur la plage. Les joues inondées de larmes, elle courait sans savoir où elle allait. Elle cherchait uniquement à mettre le plus de distance possible entre eux.

— Kirsten, arrête ! cria Rowe.

Elle entendit le bruit de ses pas derrière elle et courut plus vite encore, s'écartant de la plage pour s'enfoncer vers l'intérieur de l'île. Elle ne vit pas les rochers qui commençaient à apparaître à fleur de sable. Soudain, elle trébucha, tendit les bras pour se rattraper à quelque chose, mais ils battirent dans le vide avant qu'elle ne perde l'équilibre. Au moment où elle tombait, elle vit un éclair blanc déchirer le ciel, puis plus rien.

A quelques mètres à peine derrière elle, Rowe assista à la scène, qui s'était déroulée en quelques secondes à peine. Il fut aussitôt auprès de la jeune femme, étendue par terre, la tête sur le côté. Le cœur battant, il jura. Kirsten portait une entaille au front. La blessure saignait beaucoup. Elle paraissait profonde mais nette.

Les yeux clos, la jeune femme ne bougeait pas. Il l'appela, mais elle ne répondit pas. Ses connaissances en secourisme lui permirent de l'examiner, et il constata avec un certain soulagement qu'elle semblait ne s'être rien brisé. Il pouvait donc la transporter jusqu'à l'hélicoptère. Après l'avoir soulevée de terre avec mille précautions, il se dirigea vers l'appareil, où il l'installa le plus confortablement possible entre des couvertures et des coussins.

Au moment où il se mettait aux commandes, Rowe serra les lèvres. Il imaginait les propos que susciterait leur arrivée à Merrisand en petite tenue. Mais il ne pouvait pas courir le risque de retourner sur la plage chercher les vêtements de Kirsten, puis de la rhabiller. Mieux valait éviter d'attendre, et aussi de la manipuler.

Tant pis. La réaction des gens n'était pas ce qui comptait le plus, dans l'immédiat. Il s'arrangerait.

Juste avant de décoller, il se tourna vers Kirsten dont la pâleur l'inquiéta. Il fallait agir vite. Il appela par radio le médecin de la famille royale, Alain Pascale, à qui il décrivit la situation en quelques mots. Celui-ci lui promit d'être là à leur arrivée.

Le Dr Pascale, qui était basé à Solano, se trouvait par chance au château cette semaine-là. Le vieux médecin ne se priverait certes pas de commentaires, mais il était à la fois très compétent et très discret.

Aux commandes de l'hélicoptère, Rowe essaya de se remémorer les termes exacts de l'étrange conversation qu'il venait d'avoir avec la jeune femme, sur la plage. S'il s'était un jour adressé à une banque de sperme, la situation serait plus claire. Mais ce n'était pas le cas. Son rang lui interdisait ce genre de démarche, qui générerait maints problèmes en matière de succession.

Il était possible aussi que la jeune femme ait travaillé dans un laboratoire d'analyses, ait eu accès à un flacon lui appartenant, et ait fait procéder à une insémination artificielle.

Dans quel but ? Tu délires, mon vieux !

Il restait une autre hypothèse : Kirsten n'était pas la mère de Jeffrey.

Cela lui parut soudain évident : un jour, quelque part, il avait eu une aventure avec la véritable mère de Jeffrey. De cette aventure était né le petit garçon, que Kirsten élevait à présent comme son propre fils.

Les doigts crispés sur les manettes de l'hélicoptère, Rowe se dirigea vers la piste d'atterrissage du château, où il se posa en douceur. Pour une soirée éprouvante, c'en était une !

Le Dr Pascale et son équipe se matérialisèrent aussitôt à côté de l'appareil. Ils étaient montés dans l'hélicoptère avant que le moteur ne s'arrête. Le médecin examina Kirsten pendant que Rowe lui décrivait les circonstances de l'accident.

— Depuis combien de temps a-t-elle perdu connaissance ?

— Pas plus d'un quart d'heure.

— Il faut conduire cette jeune personne à l'infirmerie du château pour lui faire passer un scanner et la garder en observation constante, déclara le médecin, s'adressant à l'infirmière qui se tenait à côté de lui.

— Est-ce que... c'est grave ?

Le Dr Pascale se tourna vers Rowe.

— Je suis médecin, pas diseuse de bonne aventure ! En général, une commotion cérébrale ne présente pas de danger mortel. Sauf si elle s'accompagne d'autres complications comme un œdème, une hémorragie, ou toute autre blessure au cerveau.

A ce moment-là, l'infirmière prit la parole.

— Elle revient à elle, docteur !

Rowe se réjouit que le médecin se désintéresse

de lui pour faire passer à Kirsten les tests d'usage. Il lui demanda ses nom et prénom, son adresse, quels étaient les mois de l'année et d'autres précisions de cette nature. Manifestement satisfait par ses réponses, il ordonna à son équipe de conduire la jeune femme à l'infirmerie.

— Emmenez-la dans la salle de scanner. J'arrive.

Rowe s'apprêtait à suivre la petite procession lorsque le médecin lui posa la main sur le bras.

— Je ne suis pas certain que votre tenue soit adaptée à la situation, mon cher vicomte.

— Je suppose que vous pourrez me prêter une blouse blanche ?

Le vieux médecin referma sa sacoche, descendit de l'hélicoptère et, d'un signe de la main, invita Rowe à le suivre.

— Est-ce que ça vous ennuierait de m'expliquer de façon plus précise ce qui s'est passé ?

Rowe lâcha un soupir.

— Oui, ça m'ennuierait. Officiellement, nous prenions un bain de minuit. Kirsten a glissé sur un rocher, est tombée et s'est ouvert le crâne.

— Et officieusement ?

Hésitant, Rowe se passa la main sur la nuque.

— Eh bien… nous nous sommes querellés. Elle

s'est enfuie en courant, et c'est à ce moment-là qu'elle a trébuché sur un rocher.

Rowe s'attendait à être réprimandé, mais le Dr Pascale le surprit en lui tapotant l'épaule en un geste empreint d'affection.

— Ah, vous êtes donc enfin au courant au sujet de Jeffrey ! Quand le prince Maxim m'a dit que vous alliez travailler ensemble, Kirsten et vous, je me suis demandé combien de temps il vous faudrait pour arriver à cette conclusion.

10.

— Que… *Comment ?*

— Lors de mon dernier passage à Merrisand, j'ai rencontré Kirsten à l'occasion d'un grand pique-nique organisé pour le personnel du château. Et en voyant Jeffrey, j'avais l'impression de voir une photo de vous au même âge. Vous êtes bien son père, n'est-ce pas ?

Rowe avala sa salive.

— Est-ce que… beaucoup d'autres gens sont au courant ?

— Je ne crois pas. Même s'ils ont remarqué une ressemblance entre ce gamin et vous, ils doivent penser qu'il s'agit d'une simple coïncidence. Ils ne connaissent pas aussi bien que moi votre famille. Avoir soigné trois générations de princes, marquis, comtes et vicomtes me confère en effet une certaine supériorité !

Ils traversaient maintenant, côte à côte, les couloirs du château.

— Mais dites-moi, reprit le vieux médecin, si j'ai bien compris, vous viendriez tout juste de découvrir que cet enfant est le vôtre ?

— J'ai bien sûr moi aussi remarqué au premier regard que Jeffrey me ressemblait. Et je me suis vite senti assez proche de lui. Mais comme il n'y a jamais rien eu entre Kirsten et moi…

— En êtes-vous bien sûr ?

— Vous n'allez pas vous y mettre vous aussi ! se récria Rowe.

— Vous l'avez bien cherché. Je vous épargnerais ce genre de remarque si vous consentiez à vous marier et à donner de futurs héritiers au trône !

— Je laisse cet honneur à mes cousins ! En qualité de princes, c'est à eux d'assurer les premiers la succession. Et puis, comme vous le savez sans doute, il ne suffit pas de claquer des doigts pour trouver l'âme sœur.

— Bien sûr. Il semblerait toutefois que ce soit chose faite… Quand je suis monté dans l'hélicoptère, j'ai tout de suite compris que vous étiez amoureux.

Le Dr Pascale se trompait-il ?

Rowe savait-il lui-même ce qu'était l'amour ? Il tenait plus à Kirsten qu'à toutes les femmes qu'il avait connues jusque-là, il n'y avait aucun doute là-dessus. Et l'instinct de protection que suscitaient en lui Jeffrey et la jeune femme n'était pas sans le surprendre.

Bel exemple d'instinct de protection, que tu viens de donner ! se morigéna-t-il.

— Mais nous parlerons plus tard de succession, reprit le médecin en hâtant le pas. Pour le moment, il faut d'abord s'occuper de notre patiente. A en croire le prince Maxim, Kirsten Bond serait une perle.

Son cousin Max ne jugeait sans doute pas la jeune femme selon les mêmes critères que lui — du moins l'espérait-il ! — mais Rowe ne le contredirait certainement pas. Kirsten était en effet une perle. Aussi belle que rare.

Une perle abîmée, à cause de lui.

— Allez-vous la garder longtemps en observation ?

Ils venaient d'arriver dans la partie du château réservée à l'infirmerie, dotée d'un équipement ultrasophistiqué. Rowe passa le seuil en ignorant superbement les gardes, qui avaient du mal à cacher leur surprise à le voir arriver en boxer-short.

— A priori cette nuit, pas plus, lui répondit le Dr Pascale. Ensuite, elle pourra retourner chez elle, mais il serait prudent qu'elle n'y reste pas seule.

— Elle ne sera pas seule. Je vais demander qu'on aménage une suite pour Jeffrey et pour elle juste à côté de mes appartements. Je m'en occupe en sortant d'ici.

— Les commérages vont aller bon train.

Rowe baissa les yeux et grimaça.

— Il me semble que c'est un peu tard pour s'en soucier…

Lorsqu'ils furent dans l'enceinte de l'infirmerie, le médecin lui prêta une blouse blanche, qui le serrait aux épaules mais lui donnait au moins une allure un peu plus décente. Il attendit dans le couloir, tandis que le Dr Pascale examinait de nouveau la patiente. Quelques minutes plus tard, le médecin l'autorisait à entrer.

Son apparition en blouse blanche soutira un faible sourire à la jeune femme.

— Tu as décidé de changer de nouveau de profession ? murmura-t-elle.

La tête bandée, elle avait l'air si menue dans la pièce blanche luxueusement aménagée que le cœur de Rowe se serra.

— Il est inutile en tout cas que je présente ma candidature pour un poste de gardien de plage !

— Ah ? A cause de moi ?…

— De quoi te souviens-tu au juste, Kirsten ?

154

lui demanda-t-il, s'efforçant de cacher son inquiétude.

— Eh bien… Tu m'as fait visiter ta cabane, et
puis tu as voulu que nous allions nous baigner, et
ensuite c'est le trou noir. Jusqu'au moment où je me
suis réveillée, dans l'hélicoptère. Que s'est-il passé ?
Je suppose que j'ai glissé sur un rocher ?

En entendant ces mots, Rowe fut pris d'un accès de
culpabilité. Il allait devoir lui expliquer qu'elle était
tombée parce qu'elle courait dans l'obscurité. Et lui
expliquer surtout pour quel motif elle s'enfuyait.

Ne sachant trop si c'était elle ou lui qu'il cherchait
à protéger, il haussa une épaule.

— En quelque sorte…

— Merci.

Il vit alors ses traits se crisper, et se rapprocha
d'elle.

— Est-ce que tu souffres ?

Comme elle acquiesçait, il appuya sur la sonnette
fixée au montant du lit. L'équipe soignante avait
disparu pour les laisser seul à seule, mais le médecin
n'était sans doute pas très loin.

— J'ai une épouvantable migraine. D'après le
Dr Pascale, c'est normal. Tout comme il est normal
que je ne me rappelle rien de ce qui s'est produit

juste avant la chute. En tout cas, je me réjouis de ne pas avoir oublié combien ton île est belle.

— Nous y retournerons dès que tu seras rétablie, lui dit-il.

Et cette fois, il ne la ferait pas fuir. Il connaîtrait toute la vérité sur son fils et sur elle.

Elle tenta de se redresser, et il tendit de nouveau la main vers la sonnette.

— Non, c'est inutile, lui dit-elle. Je n'ai pas plus mal que tout à l'heure, mais j'espère être sortie d'ici avant que Jeffrey rentre de son week-end de pêche.

— Ne te fais aucun souci à ce sujet. Je l'attendrai, et je te l'amènerai.

— Tu n'as pas le temps de t'occuper d'un enfant de six ans, protesta-t-elle.

Mais, pour son fils, Rowe était prêt à tout.

— Je le trouverai, ce temps.

— Tu en es sûr ?

Sa réticence à lui laisser la garde de Jeffrey le blessa. Mais il se souvint que Kirsten souffrait d'une commotion cérébrale, et ressentit pour elle une profonde admiration. Avait-elle toujours été aussi farouchement indépendante ? Ce trait de caractère expliquerait-il à lui seul sa détermination à élever seule le petit garçon ?

Bon sang, pourquoi *personne* ne l'avait-il jamais informé de l'existence de cet enfant, en l'espace de six ans ?

— Certain, lui répondit-il, ravalant tout ce qu'il aurait voulu dire.

Pas plus l'endroit que le moment ne se prêtaient à ce genre de mise au point. Il devrait attendre encore un peu.

— Bon… Mais seulement si le médecin veut bien me laisser sortir d'ici dans un délai assez bref. Mes clés sont dans mon sac.

Par chance, elle l'avait laissé dans l'hélicoptère à leur arrivée sur l'île, et l'un des membres de l'équipe médicale avait pensé à l'apporter dans la chambre.

Une infirmière arriva à ce moment-là.

— Désolée de vous avoir fait attendre, Votre Majesté, mais le Dr Pascale examinait les résultats du scanner.

— Et ? lança Rowe d'une voix tendue.

— Il n'y a aucune mauvaise nouvelle, rassurez-vous, lui répondit-elle avec un sourire.

Lorsqu'il expliqua à l'infirmière que Kirsten souffrait de maux de tête, elle prépara une perfusion qu'elle fixa au bras de la patiente.

— Voilà qui devrait vous soulager assez rapidement.

Il était temps !

Depuis quand les besoins de Kirsten lui semblaient-ils à ce point essentiels ? L'arrivée du médecin l'empêcha de s'interroger plus avant.

— Comme vous le savez déjà sans doute, le scanner n'a révélé aucune anomalie, déclara le Dr Pascale, mais vous devrez observer un repos absolu pendant les prochains jours. Vous reprendrez ensuite, peu à peu, vos activités normales.

A l'idée des graves conséquences qu'aurait pu entraîner cette chute, Rowe eut la brusque impression que ses jambes avaient du mal à le porter. Il se ressaisit vite, mais pas assez pour que ce moment de faiblesse passe inaperçu aux yeux du vieux médecin.

— Vous devriez d'ailleurs vous aussi aller vous reposer, mon cher vicomte.

— Effectivement, répondit Rowe avec le plus d'assurance possible, mais je dois d'abord régler un certain nombre de choses.

— J'espère bien. Je ne tiens pas à avoir deux malades sur les bras !

Le médecin s'était exprimé de son habituel ton bourru, mais ses yeux plissés reflétaient l'intérêt réel qu'il portait à la famille royale depuis de longues années.

— Merci pour tout, lui dit Rowe en lui serrant la main.

— Je vous en prie. J'espère que nous nous reverrons en d'autres circonstances. Pour une naissance, par exemple ?

Rowe ignorait encore la nature exacte de ses sentiments pour Kirsten, mais la perspective d'avoir des enfants avec elle n'était pas pour lui déplaire.

— Disparaissez de ma vue, maintenant ! s'exclama le vieil homme. Vous m'avez causé bien assez de soucis pour la nuit.

Dans la mesure où il ne pouvait rien faire de plus pour Kirsten, Rowe s'exécuta. Bien qu'épuisé, il se sentait incapable de rester inactif, et retourna donc dans ses appartements pour se doucher et se changer. Suite à quoi il appela son cousin. Réveiller Maxim ne lui plaisait pas outre mesure, mais il jugeait de son devoir de l'informer des récents événements. Dès que son récit fut terminé, il le rassura sur l'état de santé de Kirsten, et lui demanda l'autorisation d'installer la jeune femme et son fils dans une suite voisine. Comme il s'en doutait, Max accepta sans hésiter. Il accepta aussi de confirmer la version des faits du Dr Pascale — le médecin avait décidé de

159

dire à qui voudrait l'entendre qu'il s'agissait en fait de manœuvres de sécurité…

Rowe commença donc à lancer des ordres afin que la suite réservée à Kirsten et à Jeffrey soit aménagée dans les plus brefs délais. Le jour s'était levé lorsque tout fut fin prêt.

Il ne lui restait plus qu'à se rendre au cottage et à attendre le retour de Jeffrey, prévu dans la matinée. Il envisageait de se détendre, rien de plus. Mais la fatigue l'emporta, et il dormait profondément quand la porte d'entrée s'ouvrit en grand.

— Ça y est, maman, on est là !

A la vue de Rowe couché sur le canapé, l'enfant s'arrêta net, interdit.

— Bonjour.

Rowe, qui s'était redressé d'un bond, buvait Jeffrey du regard. Comment était-il possible qu'il n'ait pas été saisi par leur ressemblance ? Elle lui semblait si évidente, à présent.

En proie à une foule d'émotions, il dut s'éclaircir la voix avant de reprendre la parole.

— Salut, bonhomme. Alors, est-ce que la pêche a été bonne ?

Jeffrey lâcha par terre le petit sac à dos qui contenait son matériel.

— Très bonne, merci. Le père de Michael est

160

en train de vider le minibus. Il va apporter mon poisson.

— Ce doit être une sacrée prise, s'il faut un adulte pour le porter !

Le garçonnet fit la grimace.

— J'en avais attrapé un vraiment très gros. Gros comme ça, précisa-t-il, les bras écartés. Et puis il a lâché l'hameçon...

— Tu l'auras la prochaine fois, j'en suis sûr, Jeffrey. Maintenant, viens t'asseoir à côté de moi. Nous allons parler d'homme à homme.

En entendant ces mots, l'enfant écarquilla les yeux.

— C'est... grave ? Où elle est, maman ?

— Rassure-toi, fiston, il n'y a rien de grave.

Fiston. Jusqu'ici, il avait toujours utilisé ce mot sans y prêter attention. Désormais...

— Qu'est-ce qui lui est arrivé ? insista Jeffrey, qui avait pressenti un problème lié à sa mère.

— Un petit accident sans importance. Elle est tombée, et le médecin a préféré la garder en observation à l'infirmerie du château. A l'heure qu'il est, elle va du mieux possible.

Les lèvres de l'enfant se mirent à trembler. Il serra ses petits poings, mais soutint sans ciller le regard du vicomte.

Et Rowe remonta le temps. Il se revit, lui, le jour où on lui avait annoncé la disparition de son père. Il avait alors tout juste deux ans de plus que Jeffrey, et avait eu l'impression que le monde s'écroulait autour de lui. A l'instar du petit garçon, il s'était employé à ne rien montrer de son chagrin.

Il avait même décrété aller bien. Ce qui était faux, bien entendu, mais sa mère avait cru à sa mise en scène — ou avait voulu y croire. De ce fait, il avait été privé du réconfort dont il avait tant besoin mais qu'il ne savait comment réclamer.

Rowe tendit la main vers celle de l'enfant.

— Tu n'es pas obligé d'être courageux. Tu peux pleurer si tu en as envie, je n'en parlerai pas à ta mère. Ce sera un secret entre nous.

Les yeux du garçonnet s'emplirent aussitôt de larmes.

— Je… veux pas qu'elle ait quelque chose de cassé ! articula-t-il d'une voix tremblante. Je veux qu'elle soit ici !

Sans hésiter, Rowe s'avança vers lui et le serra fort dans ses bras, comme il aurait aimé qu'on le serre, lui, autrefois. Et tandis qu'il tenait contre lui cet enfant dont il était le père, une profonde émotion l'envahit.

Quand il entendit Jeffrey renifler, il prit un

162

mouchoir dans sa poche, puis s'écarta légèrement de lui pour le lui tendre.

— Comment elle a fait pour tomber, maman ? demanda-t-il enfin.

— Nous avions décidé de nous baigner. En sortant de l'eau, elle a glissé sur un rocher et s'est blessée à la tête. Comme je te l'ai dit, il n'y a rien de grave. Ne t'affole donc pas quand tu la verras avec un gros bandage. D'accord ?

— C'est quand qu'elle ira mieux ?

— Elle va déjà mieux. Mais le médecin souhaite qu'elle reste à l'infirmerie pour se reposer.

— Et pourquoi elle pourrait pas se reposer à la maison ?

Rowe posa les mains sur les épaules du garçonnet.

— Elle a besoin qu'on s'occupe d'elle. De la même façon qu'elle s'occupe de toi quand tu es malade. Je pense donc que ce serait une bonne idée que vous vous installiez juste à côté de mes appartements, jusqu'à ce qu'elle soit complètement rétablie.

L'enfant plissa les yeux et le fixa, l'air suspicieux.

— Elle y sera maman ?

— Pour le moment, elle est à l'infirmerie. Je propose que nous allions sans plus tarder lui rendre visite. Le médecin nous dira à quel moment elle sera autorisée à sortir.

— Et qui c'est qui s'occupera de moi, jusqu'à ce qu'on revienne au cottage ?

— Tu connais le château ?

— Pas trop.

— Eh bien, sache qu'il y a du personnel chargé de s'occuper des gens qui l'habitent.

Songeur, Jeffrey hocha la tête.

— Et est-ce que je pourrai jouer à La Planète Noire ?

Rowe réfléchit avant de hocher la tête.

— J'imagine que ça ne devrait pas poser de problème majeur.

Les voisins de Kirsten, Shara et Paul, ne cachèrent pas leur inquiétude quand ils apprirent la nouvelle. Rowe s'employa à les rassurer, et ils déclarèrent qu'ils rendraient visite à la jeune femme dès qu'elle serait moins fatiguée. Bien sûr, Michael aurait voulu s'installer lui aussi au château, mais Rowe réussit à l'apaiser, et aida Jeffrey à ranger dans un grand sac toutes les affaires dont il aurait besoin.

Lorsqu'ils retournèrent à l'infirmerie, Kirsten était réveillée. Elle avait déjà meilleure mine, et on lui avait enlevé la perfusion. En voyant Jeffrey se

164

précipiter dans ses bras, Rowe ressentit une curieuse pointe de jalousie, qu'il refoula sur-le-champ.

— Alors, comment te sens-tu ? demanda-t-il à la jeune femme.

— Plutôt bien. Le Dr Pascale m'a dit que je serais rétablie dans quelques jours. Mais je n'arrive toujours pas à me rappeler les circonstances exactes de l'accident…

Jeffrey, qui était resté tout près d'elle, tendit la main pour toucher doucement le bandage qu'elle portait à la tête.

— Ça te fait mal ?

— Un tout petit peu. Mais te voir est pour moi le meilleur des remèdes.

— Tant mieux ! Parce que j'ai pas envie que tu restes malade longtemps, moi.

— Rassure-toi, moi non plus ! lui répondit-elle avec un petit rire.

Puis elle se tourna vers Rowe, à qui elle adressa un sourire tendu.

— D'après le médecin… tu aurais fait apporter nos affaires dans une suite du château, près des appartements que tu occupes ?

— En effet. Tu pourras t'y reposer tranquillement, en sachant que Jeffrey est entre de bonnes mains. Le personnel a l'habitude de s'occuper de la descendance royale.

La descendance royale. Si ces mots eurent une résonance particulière en elle, elle n'en laissa rien paraître.

— Ça m'ennuie d'être pour toi une source de tracas supplémentaire. Il y a déjà le Tour de Merrisand à mettre en place, ce qui n'est pas une mince affaire…

D'un geste de la main, Rowe chassa cet argument, comme s'il s'agissait du cadet de ses soucis. Il s'aperçut d'ailleurs à ce moment-là qu'il n'y avait pas accordé une seule pensée depuis l'instant où il avait décidé de retrouver Kirsten dans son cottage.

Face à son air surpris, il ajouta :

— Ne te fais aucun souci, nous sommes entourés d'une équipe de gens compétents.

Elle hocha la tête, et il remarqua qu'elle avait du mal à garder les yeux ouverts.

— Tu es fatiguée. Viens avec moi, Jeffrey. Pendant que ta maman se repose, nous allons essayer de dégoter La Planète Noire ou un équivalent.

En dépit de son état de lassitude profonde, Kirsten ne parvint pas à trouver le sommeil. L'antalgique administré par perfusion s'était avéré très efficace, et la courte visite de Jeffrey lui avait mis du baume au cœur. Alors pourquoi donc se sentait-elle si agitée ?

Un événement important s'était produit sur l'île. Elle en était intimement persuadée, mais tous ses efforts pour se le rappeler restaient vains. Il y avait eu le vol en hélicoptère, le superbe coucher de soleil, puis le dîner léger dans la cabane. Ensuite, ils avaient décidé de se baigner… et puis c'était le trou béant. D'après Rowe, ils avaient parlé, puis elle s'était baignée, avait glissé et s'était cogné la tête contre un rocher.

Lui cacherait-il quelque chose ? Elle se voyait courir sur la rive. Mais pourquoi ? De quoi donc avaient-ils parlé avant la chute ? Sentant la migraine revenir, elle baissa les paupières et comprit qu'elle devait cesser de se tourmenter. Lorsque le Dr Pascale lui permettrait de quitter l'infirmerie, elle demanderait à Rowe de l'aider à assembler les pièces du puzzle.

Rowe, qui l'avait ramenée à Merrisand après sa chute, et qui veillait en ce moment même sur Jeffrey. Elle lui était décidément redevable de beaucoup de choses.

Rowe avec Jeffrey…

Kirsten se redressa soudain dans son lit, au

moment même où le médecin passait le seuil de la chambre.

— Que diable faites-vous ? lança le Dr Pascale, les sourcils froncés.

— Il faut que je me lève. Mon fils…

— Votre fils est en sécurité avec le vicomte d'Aragon.

— Vous… vous ne comprenez pas, insista-t-elle d'une voix altérée.

— Je suis peut-être un vieux toubib, mais je comprends plus de choses que vous ne l'imaginez, mon petit !

Elle se figea et passa sa langue sur ses lèvres sèches.

— Ce… c'est impossible. Rowe ne…

Comme elle se taisait, incapable de poursuivre, le Dr Pascale hocha la tête.

— Détrompez-vous. La ressemblance entre Jeffrey et lui est trop évidente. Quand vous sortirez d'ici, je pense que vous aurez un certain nombre de choses à vous dire, le vicomte et vous.

Le regard affolé, Kirsten avala sa salive.

— Et quand m'autoriserez-vous à sortir ?

— Dans deux jours, si vous jouez les rebelles. Cet après-midi, si vous suivez nos conseils à la lettre. A vous de voir…

Elle devait sortir au plus tôt. Etait-il possible que Rowe ait des soupçons au sujet de Jeffrey ?

— A partir de dorénavant, je serai une patiente modèle, répondit-elle.

Le médecin accueillit ces mots par une moue dubitative. Il ignorait qu'il venait de lui fournir une raison capitale pour qu'elle se tienne tranquille.

11.

Kirsten avait maintes fois visité le château, sans avoir jamais eu l'occasion d'y loger et d'en apprécier tout le confort. Etendue au soleil sur une chaise longue, elle embrassa du regard les magnifiques jardins. Il y régnait une telle paix qu'elle aurait pu imaginer sans peine se trouver à mille lieues de toute civilisation.

Si elle goûtait au plaisir de se reposer dans ce cadre luxueux, il lui arrivait aussi de culpabiliser. Sa secrétaire, qui lui rendait souvent visite, lui avait toutefois assuré que tout se déroulait du mieux possible pendant son absence.

Elle n'avait donc rien d'autre à faire que se détendre en buvant un rafraîchissement et en écoutant le chant des oiseaux.

Se détendre, mais aussi s'interroger à propos de Rowe et de Jeffrey.

Deux jours s'étaient écoulés depuis que le Dr Pascale

l'avait autorisée à quitter l'infirmerie. Deux jours, donc, qu'elle avait l'impression de voir Rowe tout mettre en œuvre pour se rapprocher de l'enfant. Et elle avait du mal à se convaincre qu'il s'agissait d'un effet de son imagination. De toute évidence, il passait plus de temps avec le garçonnet qu'à son bureau. Il s'obstinait même à l'emmener à l'école et à aller l'y chercher, au lieu de confier cette tâche à l'une des gouvernantes. Elle l'avait aussi surpris plusieurs fois à regarder Jeffrey avec une sorte d'étonnement émerveillé, comme s'il avait du mal à croire que l'enfant fût réel.

Malgré la douceur du temps, Kirsten frissonna. Le vieux médecin de famille aurait-il raison ? Etait-ce possible que Rowe ait commencé à s'interroger avant l'accident sur la véritable nature de sa relation avec Jeffrey ?

Elle en était là de ses pensées lorsque des cris de joie retentirent tout près d'elle. Elle leva les yeux pour voir Rowe, qui avançait dans sa direction, Jeffrey juché sur ses épaules.

— Regarde, maman ! s'exclama le garçonnet, tout excité. Je suis le roi du château !

Elle secoua doucement la tête en riant.

— Un bien joli petit roi !

— Terminus, tout le monde descend ! lança Rowe. Même les rois !

Dès qu'il eut posé l'enfant à terre, celui-ci courut vers sa mère pour l'embrasser.

— Mm… Tu sens le chocolat, lui dit Kirsten.

L'air penaud, Jeffrey haussa une épaule.

— Eh ben… y avait un marchand de glaces à Parade Hill, en rentrant de l'école.

Parade Hill ne se trouvait pas sur leur chemin. Ils avaient de toute évidence fait un détour. Sur le point de reprocher à Rowe d'avoir offert à l'enfant une glace qui lui couperait sans doute l'appétit pour le dîner, Kirsten se ravisa. L'air à la fois coupable et ravi qu'ils affichaient tous les deux lui ôtait toute envie de jouer les trouble-fête. Après tout, un écart de temps en temps…

Jeffrey se rapprocha du bassin pour compter les poissons tandis que Rowe prenait place à côté de la jeune femme.

— Est-ce que tu as passé un bon après-midi ? lui demanda-t-il.

— Oui. A lézarder au soleil !

— Le Dr Pascale en serait enchanté.

— Il a l'air de bien vous connaître, tous…, avança-t-elle.

— Tu veux dire par là qu'il prend certaines libertés ?

Après avoir soigné la famille royale pendant des décennies, il s'y croit autorisé. L'ennui, c'est que ses jugements sont souvent fondés !

Kirsten hasarda un regard en direction du bassin.

— Il a l'air de penser que… que tu es très attaché à Jeffrey.

Rowe se tourna à son tour vers le bassin. Lorsqu'il reporta son attention sur la jeune femme, ses yeux luisaient d'un éclat particulier.

Il sait, songea-t-elle, le cœur battant. *J'ignore comment, mais il sait…*

— Et pourquoi ne serais-je pas attaché à lui ? murmura-t-il.

Il avait parlé si bas qu'elle se demanda si elle avait bien entendu. Mais l'expression de son visage ne trompait pas.

— Rowe… est-ce que je t'ai dit quelque chose avant l'accident ? Est-ce pour cette raison que défilent de temps en temps dans mon esprit des images de moi courant sur la plage ?

— Nous étions sur le point de faire l'amour, Kirsten. Et, à t'écouter parler, j'ai vite compris que ce serait pour toi la première fois. C'est à ce moment-là que tu t'es enfuie en courant.

Les joues écarlates, elle baissa les yeux.

— Oh non…

Rowe, qui s'était rapproché d'elle, lui prit la main.

— Or, tu as un enfant de six ans… Après m'être posé un certain nombre de questions, j'ai fini par comprendre. Qui est la mère de Jeffrey ?

Cette fois encore, elle se tourna vers l'enfant, toujours perdu dans la contemplation des poissons.

— Ma sœur, Natalie.

— Jeffrey le sait-il ?

— Oui, mais je ne suis pas certaine qu'il ait tout bien compris. Je suis la seule mère dont il se souvienne.

Rowe hocha la tête, comme si cette réponse ne le surprenait pas.

— Il a insisté pour apporter ici une photo de toi et d'une autre femme. Ta sœur, je suppose ?

Sans attendre de réponse, il poursuivit :

— Voilà pourquoi son visage me paraissait si familier. Quand nous nous sommes connus, je traversais une phase difficile. Mais je suis en tout cas sûr qu'elle ne s'appelait pas Bond.

Jeffrey s'était éloigné vers le fond du bassin, où il y avait une aire de jeux.

— Elle s'était présentée sous un faux nom à la fête où vous vous êtes connus, déclara Kirsten d'une

174

voix calme. Et ensuite, ça l'ennuyait de t'avouer qu'elle avait menti.

— Elle n'a pas menti que sur ce point. Elle m'a aussi certifié qu'elle prenait la pilule. Est-ce pour cette raison qu'elle n'a pas voulu m'informer de sa grossesse ?

— Elle a essayé de te joindre par téléphone et par courrier, assena Kirsten d'un ton empreint d'amertume. Mais tu n'as pas plus répondu à sa lettre qu'à ses messages.

Rowe la fixait, ébahi.

— Je n'ai jamais reçu le moindre message d'elle. Aucune lettre, non plus.

Il semblait si sincère qu'elle en fut confondue.

— Elle t'a pourtant téléphoné à plusieurs reprises, en insistant pour que tu la rappelles. Comme tu ne te manifestais toujours pas, elle a fini par t'écrire. Sans plus de succès.

Les sourcils froncés, Rowe glissa les doigts dans ses cheveux.

— A cette époque-là, j'avais un manager qui faisait de l'excès de zèle.

La tête entre les mains, il reprit :

— Quand je lui demandais si j'avais des messages, il me répondait : « Rien d'important. Tes groupies, comme d'habitude. » C'était lui aussi qui s'occupait de mon fan-club. Je ne me suis aperçu que bien plus tard qu'il me cachait beaucoup de choses, et je l'ai licencié. Si je n'avais pas été aussi perturbé à ce moment-là, j'aurais insisté pour qu'il me donne davantage de détails.

— Evidemment…, fit-elle, sarcastique.

Cette réaction incita Rowe à redresser la tête d'un geste brusque.

— Il n'y avait rien d'*évident*, à cette période de ma vie, Kirsten. *Rien !* Ça correspondait à la date anniversaire de la disparition de mon père, et les médias prenaient un malin plaisir à ressasser toutes les rumeurs, tous les détails liés à cette affaire. J'avais l'impression d'être jeté en pâture aux lions. Mais il fallait que je tienne bon. Trop de gens dépendaient de moi.

Il marqua une pause.

— Natalie a été pour moi un rayon de soleil. Elle avait l'air de comprendre ce que je ressentais. Nous ne pensions à rien de précis quand nous avons commencé à bavarder ensemble, mais, apparemment, elle avait autant besoin de moi que moi d'elle.

La jeune femme sentit des larmes lui picoter les yeux. Natalie avait donc préféré se tourner vers un étranger plutôt que vers sa sœur pour trouver un peu de réconfort.

176

— Nous avions perdu nos parents peu de temps avant, dit-elle. Sous des allures de jeune fille émancipée, Natalie n'était qu'une gamine de dix-huit ans qui avait le cœur brisé.

— J'en avais vingt-deux, moi, et je venais de remporter mon premier titre de champion. Raison de plus pour que les médias s'intéressent à mon sort ! Quand nous nous sommes rencontrés, Natalie et moi, nous avions tous les deux été blessés par la vie…

Kirsten ne souhaitait en aucun cas s'apitoyer sur le sort de Rowe. Il n'en restait pas moins qu'elle se rappelait parfaitement ces articles et reportages selon lesquels James Sevrin serait toujours bien en vie, et se cacherait quelque part.

— Ça n'a pas dû être facile pour toi, j'en conviens, s'entendit-elle dire.

— Tu me crois, donc, quand je te dis que je n'ai jamais su que Natalie était enceinte ?

Avant qu'elle puisse répondre, Jeffrey, qui venait de descendre d'une balançoire, courut vers elle en criant :

— Tu sais, je les ai comptés les poissons du bassin. Y en a quatonze !

— Quatorze, rectifia-t-elle machinalement.

— Qu'est ce que tu as, maman ? Pourquoi tu as les yeux tout brillants ? lui demanda son fils.

Elle cligna des paupières et esquissa un sourire.

— Je crois que je suis restée un peu trop longtemps au soleil.

— Il serait peut-être plus sage de rentrer, maintenant, déclara Rowe en prenant la jeune femme par la main. Jeffrey et moi avons trouvé une nouvelle version de La Planète Noire. Au lieu d'être transformé en gelée, on est recouvert d'une matière visqueuse et gluante !

— Tout un programme...

Kirsten eut du mal à rester impassible pendant la soirée. En l'espace de quelques minutes, Rowe avait réussi à démolir tous ses préjugés défavorables à son égard. S'il était bien vrai qu'il n'avait jamais reçu de message de Natalie, quel avenir les attendait ? Voudrait-il rattraper le temps perdu ?

A cette pensée, Kirsten se mit à trembler. Essaierait-il de lui retirer la garde de Jeffrey ?

Au prix d'un effort qui lui parut presque surhumain, elle parvint à ne rien trahir de son anxiété pendant les heures qui suivirent. Le dîner se déroula donc normalement, puis, comme tous les soirs, elle raconta une histoire à son fils avant de lui souhaiter bonne nuit. Elle sortit de la pièce en laissant la porte entrouverte et regagna le salon.

Que deviendrait-elle, si le vicomte d'Aragon souhaitait exercer pleinement ses fonctions de père ?

Elle en était là de ses pensées quand un petit coup retentit à la porte qui séparait sa suite des appartements de Rowe. Lorsqu'elle l'ouvrit, celui-ci entra et, pour ne pas risquer de réveiller Jeffrey, l'invita, d'un signe, à passer sur la terrasse. La soirée était douce. Les étoiles commençaient à scintiller dans le ciel d'un bleu profond. Mais, agitée comme elle l'était, la beauté du moment échappa à la jeune femme.

Elle venait à peine de s'asseoir dans l'un des fauteuils de rotin blanc qu'un domestique en livrée apparut. Il posa sur la table un plateau sur lequel étaient préparés une bouteille de champagne, deux flûtes et un assortiment de chocolats fins.

— Que fêtons-nous ? s'enquit-elle d'une voix étranglée, dès qu'ils furent seuls.

— La découverte de ma paternité.

Plus effrayée qu'elle ne l'avait jamais été de sa vie, Kirsten avala sa salive.

— Quand… as-tu commencé à t'en douter ?

— Pas au tout début. J'ai bien sûr remarqué une ressemblance frappante entre Jeffrey et moi, et j'ai

179

eu l'impression que nous avions beaucoup d'affinités. Mais ces éléments ne me permettaient pas d'établir un quelconque lien entre nous. Je pensais plutôt projeter sur lui mes propres désirs.

— Je ne suis pas sûre de comprendre…

— J'avais décidé de ne jamais me marier, et donc de ne pas fonder de famille. Les femmes que j'ai connues jusqu'ici s'intéressaient davantage à mon titre de vicomte qu'à moi-même, ce qui finalement me simplifiait la vie, puisque je me contentais d'avoir avec elles des relations physiques.

Kirsten prit la flûte qu'il lui tendait.

— Mais cela ne te suffisait pas…

— J'avais réussi à me persuader que si, répliqua-t-il avec un petit soupir. Et puis j'ai rencontré Jeffrey, et j'ai compris que je me voilais la face. Cet enfant est si vif, si spontané, si attachant, qu'il a démoli en peu de temps la muraille derrière laquelle je cherchais à me protéger.

Pour se donner le temps de réfléchir, Kirsten but une gorgée de champagne.

— Il est très attachant, en effet. Comme bon nombre d'enfants.

— Je n'en connais pas beaucoup. Il est possible aussi que je n'aie pas cherché à en connaître… Je

180

ne sais pas trop comment m'y prendre, avec les enfants.

Tu t'y prends pourtant à merveille, fut-elle sur le point de déclarer.

— Sans doute parce que tu as toi-même été privé très tôt de modèle paternel.

Elle vit ses doigts se crisper autour du verre en cristal.

— Quand mon père a disparu, mon univers tout entier s'est écroulé. J'en suis même arrivé à me demander s'il était parti parce que j'avais fait quelque chose qui lui avait déplu. Tu imagines ?

— Jeffrey a lui aussi été très affecté par le décès de sa mère, dit-elle d'une voix émue. Et il lui est arrivé de penser qu'elle était partie parce qu'elle ne l'aimait pas assez. Je l'ai bien sûr toujours détrompé.

— J'aurais bien aimé avoir auprès de moi quelqu'un qui me rassure.

— Ta mère…

— Elle était elle-même terriblement affligée. Les domestiques faisaient de leur mieux pour me tenir à l'écart des rumeurs, mais, bien sûr, certaines sont parvenues jusqu'à moi. Dans ces moments-là, je pensais que mon père nous avait abandonnés, qu'il avait une autre famille ailleurs. Qu'il m'avait oublié.

181

— Heureusement, nous grandissons…

— Oui.

Sa réponse, brève et sèche, était éloquente : grandir ne l'avait guère aidé à panser ses blessures. Rowe avait probablement cessé d'accorder trop d'importance aux rumeurs colportées par les médias, mais pas de s'interroger sur les circonstances de la disparition de ce père qui lui manquait toujours.

— Et le reste de ta famille ? enchaîna-t-il. Personne ne vous a aidées, ta sœur et toi, à la naissance de Jeffrey ?

— Nous n'avions pas de famille. A vrai dire, même quand nos parents étaient en vie, ce n'était pas rose tous les jours…

— Comment ont-ils trouvé la mort ?

Soudain, elle eut envie de se confier à lui. A travers Jeffrey, n'en faisait-il pas désormais partie, de cette famille ?

— Mon père était artiste peintre. Un artiste dont les talents n'ont jamais été reconnus. S'il avait vécu plus longtemps, peut-être… Nous ne le saurons jamais. En tout cas, il croyait à son talent, lui. Et donc nous y croyions toutes : ma mère, ma sœur et moi. Pas seulement nous, malheureusement. *Toutes les femmes.* Car il était très séduisant, et elles avaient du mal à lui résister. Mais ma mère supportait toutes ses frasques, parce qu'elle l'aimait.

D'un geste du menton, il l'incita à poursuivre, et elle lui raconta le départ à la galerie, la tempête, l'arbre… A ce stade du récit, il se pencha vers elle pour lui prendre la main.

— Je devine la suite. Tu t'es retrouvée chef de famille alors que tu n'étais qu'une enfant.

— Je n'étais pas une enfant. J'avais vingt ans. Et ça ne me dérangeait pas de mettre mes projets de côté pour subvenir à nos besoins. Il s'agissait d'une solution transitoire.

— En es-tu bien sûre ?

Elle baissa les yeux sur leurs doigts entrelacés, et, à ce moment-là, ne fut plus sûre de rien.

— Si ce drame ne s'était pas produit, quelle voie aurais-tu suivie ? lui demanda doucement Rowe.

Kirsten se mordilla les lèvres. Tout le monde ignorait qu'elle avait un jour caressé le rêve de devenir écrivain. Un rêve qu'elle avait dû abandonner au bénéfice d'une activité plus raisonnable, et surtout plus lucrative.

— J'ai eu envie d'écrire, autrefois, avoua-t-elle. Je sais bien que c'est idiot, mais…

— Aucun rêve n'est idiot, l'interrompit-il d'une voix grave. J'ai rêvé moi aussi autrefois de devenir champion de Formule 1, et ce rêve s'est réalisé. Ensuite, j'ai eu envie d'organiser des événements de grande envergure, et j'y suis arrivé.

— Ce sont des rêves plus… concrets.

Le sien ressemblait à celui qu'avait nourri toute sa vie son père, et qui n'avait d'ailleurs jamais abouti.

Levant les yeux au ciel, Rowe éclata de rire.

— Tu n'imagines pas la réaction de mes proches quand j'ai annoncé au beau milieu d'un repas que je voulais conduire des bolides… C'est le genre de chose qui ne se fait pas, quand on appartient à la famille royale ! Et on n'a pas non plus l'idée saugrenue de monter une entreprise, ajouta-t-il d'une voix haut perchée qui imitait celle des vieilles dames de la bonne société.

Pour mettre entre eux une distance qu'elle jugeait salutaire, Kirsten se leva et avança vers le parapet. La pierre, fraîche sous les paumes de ses mains, lui procura une sensation de bien-être.

— Compte tenu du succès que remporte ton entreprise, je suppose qu'ils doivent tous regretter leurs mots…

— Pas du tout !

Du coin de l'œil, elle le vit se lever à son tour et la rejoindre. Sans même qu'il la frôle, elle frémit.

— Ma mère aimerait que je calque mon attitude sur celle de mon cousin. Le prince Maxim est pour elle un modèle de perfection. Il se comporte comme doit se comporter — selon elle, en tout cas — un membre de la famille royale ! Est-ce que tu écris toujours ?

Prise de court, elle ne chercha pas à mentir.

— Quelquefois, le soir, pendant que Jeffrey dort.

Avant l'accident, elle en était à la moitié d'un roman dont l'action se déroulait dans le milieu artistique.

— Tu voudras bien me montrer un jour ce que tu as écrit ?

— Peut-être.

Etonnée, elle s'aperçut que cette proposition la tentait. Son roman contenait une partie d'elle-même, qu'elle avait envie de partager avec lui.

— Et voudras-tu bien me permettre d'être un père pour Jeffrey ?

Kirsten tressaillit. Pour quel motif l'avait-il incitée à parler d'elle-même, par cette douce soirée ? Cherchait-il uniquement à la mettre en confiance, juste avant de passer à l'offensive ?

— N'est-ce pas un peu tard ?

— Je t'ai expliqué pourquoi je n'ai jamais répondu

à Natalie. Je n'envisage pas de te supplier pour que tu me croies, Kirsten.

— Bizarrement, je te crois.

L'ambivalence de cette remarque n'échappa pas à Rowe.

— Mais tu persistes à voir en moi un monstre qui a séduit et abandonné une gamine de dix-huit ans.

— Il n'y a pas que cela.

Comment lui expliquer qu'elle préférait éviter toute relation trop intime avec lui, à quelque niveau que ce soit ?

Il la scrutait, attendant d'elle de plus amples explications.

— Il y a aussi... Je ne voudrais pas que Jeffrey souffre.

— Tu crois peut-être que je souhaite faire souffrir mon propre fils ? lança-t-il d'un ton cinglant.

— Pas en le faisant exprès, bien sûr...

Rowe ressemblait à son père. Sans le vouloir, il finirait par leur faire du mal, à Jeffrey et à elle. Or, elle ne tenait pas à revivre ce qu'elle avait déjà vécu.

— Dans ce cas, tu ne me laisses pas le choix.

Kirsten eut soudain l'impression que le sol se dérobait sous ses pieds. Il allait lui retirer la garde de l'enfant. Son statut de père le lui permettait, et celui de membre de la famille royale lui faciliterait la tâche. Elle se battrait, évidemment, mais elle savait qu'elle avait peu de chances de remporter cette bataille.

— Regarde-moi, Kirsten.

Comme elle restait figée, il lui glissa un doigt sous le menton, l'obligeant ainsi à se tourner vers lui. Son visage reflétait la détermination.

— Jeffrey est peut-être ton fils, Romain Sevrin, mais c'est moi qui l'ai élevé. Je l'aime, et je ne permettrai à personne de s'immiscer entre nous !

— Je n'ai aucune intention de m'immiscer entre vous. Il y a une porte de communication entre cette suite et mes appartements. Je la laisserai ouverte ce soir, et *elle restera* ouverte. J'aurais aimé que tu me laisses de ton propre gré une place dans la vie de Jeffrey. Dans la mesure où tu t'obstines à me cantonner dans le rôle du méchant, je vais devoir m'imposer.

— Nous allons… retourner dans le cottage.

— Et je demanderai aux domestiques de rapporter vos affaires ici. J'ai été obligé de grandir sans mon père, Kirsten. Je suis donc prêt à faire tout ce qui est en mon pouvoir pour que mon fils ne connaisse pas un sort pareil.

— C'est toi qui ne me laisses pas le choix !
répliqua-t-elle d'une voix blanche.

Que se passerait-il s'ils partageaient le quotidien
avec Jeffrey, sans même la séparation symbolique
d'une porte ?

12.

Rowe tint parole. La porte de communication resta ouverte, et si pas une seule fois il ne joua les intrus, il commença à passer de plus en plus de temps dans la suite occupée par Jeffrey et Kirsten.

Les domestiques et les gens qui gravitaient autour d'eux continuèrent de se montrer très discrets, mais ils n'en pensaient sans doute pas moins. Ce n'était cependant pas ce qui inquiétait le plus la jeune femme. En dépit de ce qu'avait affirmé Rowe à propos de l'enfant, elle se demandait s'il tiendrait parole. D'autant qu'elle remarquait bien que les liens entre le vicomte et son fils se resserraient de jour en jour.

Rowe avait certes été privé très vite de référent paternel, mais il se comportait d'instinct en père modèle. Et si cela effrayait Kirsten, son attachement pour lui s'en trouvait aussi renforcé.

Les préparatifs du Tour de Merrisand avançaient.

Comme l'avait prévu Rowe, l'événement sportif suscitait un grand intérêt. Le succès de ce projet semblait même dépasser ses espérances, ce qui signifiait que les caisses de la Fondation seraient renflouées pour les années à venir.

Quelques jours après avoir repris ses fonctions au château, Kirsten reçut une lettre de sa supérieure hiérarchique, Léa Landon, lui annonçant son prochain retour. Ce qui signifiait qu'elle disposerait bientôt d'un peu plus de temps libre, et que peut-être… Oui, peut-être consacrerait-elle ce temps à l'écriture, comme elle l'avait toujours voulu.

Cette activité lui rendrait sans doute le départ de Rowe moins pénible. Car il repartirait un jour pour Solano, c'était certain. Même s'il envisageait de rester proche de son fils, ce ne serait plus pareil. Elle ne l'entendrait pas aller et venir, à quelques mètres à peine d'elle. Et ce serait sans doute mieux ainsi.

Mieux ? Qui essaies-tu de tromper ? Ce sera… affreux ! Vide.

Depuis quand Rowe Sevrin avait-il commencé à occuper une telle place dans son existence ? Et comment avait-elle pu être assez folle pour ne pas se protéger davantage ?

190

*
**

Ce jour-là, c'était Shara qui était chargée de récupérer les enfants à la sortie de l'école. Rowe aurait souhaité aller chercher lui-même son fils, mais Kirsten l'en avait dissuadé. Dans la mesure où un repos absolu ne lui était plus imposé, la vie devait reprendre son cours normal. A moins qu'ils ne décident de dire la vérité aux parents de Michael, ce qui paraissait prématuré.

Bien entendu, la présence régulière du vicomte à la porte de l'école ne devait pas manquer de soulever des commentaires. Consciente de la curiosité provoquée par ses apparitions, Kirsten était partagée entre le plaisir et l'affliction. Si tous ces gens avaient soupçonné les affres qu'elle traversait depuis que Rowe Sevrin avait fait irruption dans l'existence tranquille qu'elle menait jusque-là…

Jeffrey, quant à lui, avait l'air de vivre très bien cette situation. Il se précipitait dans les bras de Rowe dès qu'il l'apercevait devant le portail de l'établissement, et lui racontait sa journée avec le langage d'un enfant de six ans, que Rowe semblait d'ailleurs comprendre à merveille.

Sa journée terminée, Kirsten regagna cet après-midi-là la suite. Elle venait tout juste de passer le seuil qu'elle entendit un rire féminin provenant des appartements voisins. Un rire auquel se mêla celui de Rowe, qui avait quitté le bureau plus tôt qu'à l'accoutumée.

Ainsi donc, son naturel n'avait pas tardé à reprendre le dessus ! Il était en galante compagnie…

Evidemment. A quoi t'attendais-tu ? Tu n'espérais tout de même pas une métamorphose de sa part ? se morigéna la jeune femme.

— Kirsten ? l'appela Rowe. Viens avec nous.

Il l'avait entendue arriver, et allait maintenant lui présenter sa nouvelle conquête.

S'armant de courage, elle plaqua un sourire sur son visage et se dirigea vers la porte de communication. Rowe s'était levé pour l'accueillir. Une superbe jeune femme brune en tailleur de lin corail occupait l'un des fauteuils en cuir du salon. Kirsten cligna des paupières. Ce visage lui était familier.

— Je te présente une vieille amie, Tanya Hoffman.

Le cœur battant, Kirsten continua d'avancer. Tanya Hoffman était un top model avec lequel il avait eu une aventure. Le vicomte et le mannequin avaient fait maintes fois la une de la presse people.

— Il me semblait bien vous connaître, fit-elle sans se départir de son sourire.

— La rançon de la gloire ! lui répondit la jolie brune en grimaçant. Ça ne devrait pas durer. L'an prochain, ce sera sans doute une créature aux cheveux bleus, entièrement tatouée, qui occupera les couvertures des magazines !

— Je t'imagine bien dans ce genre d'accoutrement ! la taquina Rowe.

— Tu n'auras pas ce plaisir, puisque je m'apprête à quitter le métier.

Kirsten sentit son sang se glacer dans ses veines. Pour quelle raison Tanya Hoffman abandonnait-elle le métier de mannequin ? Allait-elle épouser le vicomte d'Aragon ?

Au moment où cette pensée lui traversait l'esprit, Kirsten eut l'impression que les murs de la pièce se mettaient à tanguer autour d'elle. Que signifiait cette réaction ? Rowe lui plaisait, certes, mais elle n'était tout de même pas assez sotte pour s'être éprise de lui ?

— Comme je te le disais, Kirsten, reprit-il alors, Tanya est une vieille amie, aujourd'hui mariée à mon ancien ingénieur mécanicien, Tony. Je ne suis d'ailleurs pas peu fier de les avoir présentés l'un à l'autre ! A l'époque, pour détourner l'attention des

193

paparazzi, nous avons même fait semblant d'avoir une aventure ensemble !

Ils rirent de concert, face à Kirsten, qui avait du mal à cacher son air hébété. Affolée par sa découverte, elle prêtait une oreille distraite aux propos de Rowe.

Elle était bel et bien amoureuse de Rowe !

— Que t'arrive-t-il, Kirsten ? Tu es toute pâle. Assieds-toi. Kirsten se remet tout juste d'un malencontreux accident qui l'a obligée à garder le repos pendant quelque temps, ajouta-t-il à l'adresse de Tanya.

— Rien de très important, articula-t-elle en s'asseyant néanmoins. Vous disiez donc ?

— Eh bien… je vais vous mettre dans la confidence, lui dit Tanya. Je suis en fait venue trouver Rowe aujourd'hui pour lui annoncer ma grossesse, et lui demander d'être le parrain de notre enfant.

Kirsten se félicita d'avoir accepté de s'asseoir. Tout allait si vite ! Les pensées se bousculaient dans sa tête. Les voix lui parvenaient lointaines, diffuses.

— … je propose donc une coupe de champagne pour célébrer l'événement ! s'exclama le vicomte.

— Merci, Rowe, mais je prends mon rôle de

future mère très au sérieux. Donc je ne boirai pas une goutte d'alcool avant longtemps !

— Kirsten ?

— Pour moi non plus, merci. Shara ne devrait pas tarder à arriver avec Jeffrey. Jeffrey est mon fils, précisa-t-elle à l'intention de Tanya.

— *Mon fils. Ma fille*… J'aurai bientôt moi aussi le plaisir de prononcer ces mots ! Quel âge a Jeffrey ?

— Six ans.

Elle en resta là, se demandant si Rowe ajouterait quelque chose, mais il n'en fit rien. Ils avaient décidé d'un commun accord qu'il reconnaîtrait publiquement son fils après en avoir informé le principal intéressé, puis les membres de la famille royale. Comme elle ignorait quelle serait la réaction de Jeffrey, elle avait insisté auprès de Rowe pour qu'il attende encore un peu.

Mais à écouter Tanya parler de l'impatience du futur père, elle dut admettre qu'elle exigeait beaucoup de Rowe. N'avait-il pas déjà attendu six ans ?

Tanya prit alors son sac et se leva.

— Je dois vous fausser compagnie, maintenant. J'ai une séance de photos ce soir, à Angel Falls.

— Merci de ta visite, lui dit Rowe. Et n'oublie

surtout pas de dire à Tony que je suis enchanté d'avoir été choisi pour parrain.

— Compte sur moi.

Après avoir salué Kirsten, le mannequin se dirigea vers la porte, mais s'arrêta net.

— N'y aurait-il pas par hasard quelque chose entre vous deux ? lança-t-elle, l'air espiègle.

— Tu auras droit à la réponse réservée aux médias : nous n'avons aucun commentaire à faire.

— Ce qui veut tout dire ! répliqua Tanya dans un éclat de rire.

Elle se rapprocha alors de Kirsten.

— Rowe est quelqu'un de merveilleux. Quand il aime, il aime de tout son cœur. Nous le connaissons assez, Tony et moi, pour pouvoir affirmer ce genre de chose.

Le vicomte afficha un air gêné, et Kirsten se borna à hocher la tête.

— Nous serions enchantés que vous veniez ensemble au baptême. Avec Jeffrey, bien sûr.

Kirsten sentit la main de Rowe sur son épaule, et retint son souffle. Ce geste pourtant simple revêtait pour elle un caractère intime.

— Avant de dresser la liste des invités, occupe-toi bien de toi et du bébé ! dit-il à Tanya en riant.

A ce moment-là, Kirsten entendit frapper à la porte extérieure de sa suite.

— Excusez-moi. Ce doit être Shara qui revient avec Jeffrey. Ravie d'avoir fait votre connaissance, Tanya.

Dès qu'elle eut ouvert la porte, Jeffrey l'assaillit d'une foule de détails sur sa journée à l'école, et sa partie de Planète Noire avec Michael.

— Tout s'est donc bien passé, mon cœur ? fit-elle lorsque Shara fut repartie.

— Oui, super. Je peux aller voir Rowe ?

— Pas tout de suite. Il a de la visite.

— Qui ?

— Ça ne te regarde pas, jeune homme ! Si tu allais plutôt te doucher et te mettre en pyjama ? Je vais appeler la cuisine pour qu'on nous apporte le dîner.

La main sur la poignée de la chambre, Jeffrey marqua une pause avant de se tourner vers elle.

— Pourquoi tu fais plus jamais à manger ?

— Je recommencerai quand nous retournerons au cottage.

— C'est quand, qu'on y retournera ?

Ces mots glacèrent Kirsten. Elle s'agenouilla devant l'enfant et posa les mains sur ses épaules.

— Je pensais que tu aimais bien habiter ici.

197

— Oui, mais pas pour toujours. On pourrait pas avoir une vraie maison ? Toi tu serais la maman, et tu me trouverais un papa. Comme Michael.

Kirsten se figea. Il lui sembla que les battements de son cœur résonnaient autour d'elle.

— Ça ne se trouve pas comme ça, un papa, mon ange…

— Mm… Et pourquoi il pourrait pas être mon papa, Rowe ?

— Ça te ferait plaisir, Jeffrey ?

La voix de Rowe, juste derrière elle, fit sursauter la jeune femme. Debout dans le couloir, il la fixait, les traits tendus. Du regard, elle le supplia de ne pas insister.

— Jeffrey était sur le point de se doucher, pour se préparer au dîner, dit-elle.

— Je ne veux pas manger, répliqua le petit garçon. Shara, elle nous a préparé des crêpes. Ce que je veux, c'est un papa !

— Tout le monde n'a pas la chance d'avoir un papa, de nos jours…, avança-t-elle d'une voix mal assurée.

Pourquoi avait-il fallu que Rowe arrive à ce moment précis, et envenime une discussion déjà difficile ?

— Jimmy et Helen, par exemple, enchaîna-t-elle.

Jimmy et Helen étaient des jumeaux qui fréquentaient la même classe que Jeffrey. Kirsten savait que leur mère les élevait seule.

— Jimmy et Helen, ils ont un chien ! rétorqua le garçonnet, la mine butée.

La jeune femme sentit l'espoir renaître en elle.

— Ma foi… nous pourrions nous aussi avoir un chien.

— Un gros chien noir avec plein de poils ?

Elle aurait tant aimé que Rowe s'éloigne, qu'il la laisse en tête à tête avec l'enfant ! Mais bien sûr, il ne le ferait pas. Ce sujet lui tenait trop à cœur.

— Un *petit* chien noir, plutôt…

Jeffrey réfléchit, et finit par secouer la tête.

— Non. En vrai, c'est un papa que je veux. Pour jouer au ballon, à La Planète Noire… Rowe, il est balaise à La Planète Noire.

— Bien… Si tu allais dans ta chambre dessiner ce chien noir ?

Le visage de l'enfant s'illumina.

— Si je dessinais Rowe ?

— Pourquoi pas les deux ?

— Rowe et le chien noir ? Wouahouh !

Il était déjà entré dans la pièce.

— Ne claque pas la… Trop tard, finit-elle en grimaçant tandis que la porte se refermait dans un grand bruit.

Lorsqu'elle se redressa, elle s'aperçut qu'elle tremblait. Sans un mot, Rowe la guida vers le salon où il lui servit un verre d'eau fraîche.

— Apparemment, il va falloir que je lui achète un chien, soupira la jeune femme.

— Pourquoi pas un papa ?

— Ça ne s'achète pas…

— Tu m'as très bien compris, Kirsten. Jusqu'à quand envisages-tu de lui cacher la vérité ?

Elle but une longue gorgée d'eau.

— Nous en avons déjà parlé. Il n'est pas encore prêt.

— Ah ? Ce n'est pas l'impression qu'il m'a donnée.

— Tu ne le connais pas aussi bien que moi.

— C'est là que le bât blesse. Tu ne tiens pas à ce que je le connaisse davantage !

Pareille à une bête traquée, Kirsten regarda autour d'elle.

— Quelle idée ! protesta-t-elle. Bien sûr que si.

— Si j'accepte de me cantonner dans le rôle de gentil oncle que tu m'as attribué, n'est-ce pas ? Cet enfant est mon fils ! s'exclama Rowe. Comme je crois te l'avoir déjà expliqué, j'ai été privé de mon père pendant des années. Et je préférerais épargner ça à Jeffrey, dans le seul but de protéger cette relation à deux qui te convient si bien !

La jeune femme reposa lentement son verre.

— Il ne s'agit pas de mon bien-être, mais de celui de mon enfant.

— *Ton* enfant. *Ton* fils. Il est temps que tu cesses de le considérer comme un prolongement de toi-même. Tu viens de l'entendre, non ? Il veut un père !

— Il répète ce qu'il a entendu. Il est trop jeune pour comprendre ce qu'il dit…

— Dans ce cas, explique-le-lui. Raconte-lui ce qui s'est passé. Dis-lui combien je regrette d'avoir ignoré son existence, combien je regrette tout ce temps perdu.

Il serra les poings.

— Dis-lui aussi que je les aime, sa mère et lui, ajouta-t-il d'une voix rauque.

Puis il se leva et retourna dans ses appartements. Quelques secondes plus tard, elle entendait la porte d'entrée se refermer.

Pétrifiée, Kirsten fixa aveuglément le couloir que Rowe avait emprunté. Que venait-il de dire ?

Qu'il avait aimé Natalie ? Non. Il avait utilisé le présent.

Je les aime, sa mère et lui.

Elle entendit alors renifler, et se tourna pour voir le garçonnet, qui, agrippé à son ours en peluche, luttait contre les larmes.

— Qu'y a-t-il, mon petit cœur ?

— Tu l'as fait partir !

Kirsten avala sa salive. Qu'avait-il entendu, au juste ? Et surtout, qu'avait-il compris ?

— Il n'est pas… parti. Il avait quelque chose à faire, rien de plus.

— C'est pas vrai ! lâcha l'enfant dans un sanglot. Tu as pas été gentille avec lui ! Et maintenant, il veut plus être mon papa !

Que répondre à cela ?

— Nous… nous sommes un peu querellés, c'est vrai, expliqua-t-elle à l'enfant. Mais ça ne signifie pas qu'il ne puisse pas être ton papa, si c'est ce que tu désires.

S'essuyant les joues d'un geste rageur, Jeffrey la regarda droit dans les yeux.

— Ce que je veux, c'est qu'il soit mon papa, et toi ma maman. Mais *ensemble* ! Comme une vraie famille.

Kirsten s'était levée pour se rapprocher de lui et lui caresser les cheveux.

— J'ai bien peur que ce ne soit pas si facile…

— Pourquoi ?

Cette question, elle se l'était posée elle aussi. Les mots lancés par Rowe juste avant son départ résonnaient encore dans sa tête. Existerait-il une chance que ce rêve de famille se réalise ? Elle s'aperçut soudain que ce souhait lui était aussi cher qu'à Jeffrey.

— C'est une longue histoire…, murmura-t-elle. Viens, allons nous asseoir sur le canapé. Je vais te la raconter.

13.

Jeffrey blotti contre elle, Kirsten commença à raconter l'histoire d'un enfant de six ans qui avait très envie d'avoir un papa. Ce papa existait. Mais il ignorait qu'il avait un enfant. Et il vivait dans un lointain château.

— Comme Mer'sand ?

— Exactement. Comme Merrisand.

— Et le petit garçon, il a six ans et y s'appelle Jeffrey ?

Kirsten parvint à sourire.

— Tout juste. Et il avait aussi une très jolie maman, toute jeune, qui s'appelait Natalie.

Lorsqu'elle eut fini l'histoire, elle avait les yeux embués de larmes.

— Donc, mon cœur, tu as une vraie maman au ciel, une maman qui vit avec toi et s'occupe de toi, et un vrai papa qui vit ailleurs. Nous t'aimons tous très fort.

— Et je pourrais aller le voir, mon papa, *ailleurs* ?

— Je pense que ça lui ferait très plaisir.

— Et je pourrais habiter là-bas ?

Oh non…

— En as-tu envie ? lui demanda-t-elle dans un souffle.

Jeffrey, qui s'était encore rapproché d'elle, glissa sa petite main dans la sienne.

— Si tu viens toi aussi.

Kirsten s'éclaircit la voix.

— Eh bien… Nous abordons là un sujet délicat. Quelquefois, ton papa voudra que tu ailles le voir seul, pour mieux profiter de ta présence. Et quand tu reviendras, je serai là à t'attendre.

Le garçonnet serra les lèvres.

— Alors j'irai pas.

— Je croyais que tu serais content d'apprendre que Rowe est ton vrai papa…

Jeffrey se rencogna à l'autre bout du canapé et la fixa. La bouffée d'amour qu'elle ressentit alors pour celui qu'elle considérait comme son fils la suffoqua presque.

— Pourquoi on pourrait pas être *tous* dans la même maison ? Le papa et la maman de Michael, ils habitent bien ensemble, non ?

205

— Michael a… beaucoup de chance.

— Moi aussi !

— Bien sûr, mon ange. Mais la chance se présente parfois de différentes façons. J'ai la chance de t'avoir, tu as la chance de m'avoir…

Il se rapprocha d'elle, étouffant un bâillement, et lui passa les bras autour du cou pour l'embrasser.

— Je t'aime, maman.

— Je t'aime aussi, mon trésor, murmura-t-elle d'une voix enrouée.

Le lendemain, Rowe et elle discuteraient des modalités de garde de l'enfant. Cette nuit encore, il était *son fils*.

— J'ai trop sommeil, tout à coup. Tant pis si je ne me douche pas ?

— Tant pis. Brosse-toi les dents, mets-toi en pyjama, et au lit !

Quelques minutes plus tard elle le bordait avant de l'embrasser. En sortant de la chambre, elle caressa la photo de sa jeune sœur.

— Bonne nuit, Nat, chuchota-t-elle, la gorge nouée.

Elle se tourna vers l'enfant qui dormait déjà, avant d'ajouter :

— Tu peux être fière de ton fils. Il a réagi ce soir

comme un vrai petit homme. J'espère seulement ne pas le perdre…

Puis elle quitta la pièce en laissant, comme d'habitude, la porte entrouverte. Les appartements voisins étaient toujours plongés dans le silence. Où était Rowe ? Elle le connaissait assez, à présent, pour ne pas imaginer qu'il ait pu aller se consoler dans les bras d'une femme. Il avait sans doute rejoint son bureau, où il devait réfléchir à la suite des événements.

Un sanglot s'étrangla dans la gorge de la jeune femme. Elle avait toujours su que ce moment arriverait, qu'elle devrait un jour parler à Jeffrey de son père. Mais elle avait aussi toujours pensé que cela se produirait quand l'enfant serait plus grand. Et, bien sûr, jamais l'hypothèse du scénario actuel ne lui avait effleuré l'esprit. Pas une seule fois, depuis le décès de Natalie, elle n'avait envisagé de se retrouver dans ce cas de figure.

Calme-toi. Rien n'a encore été décidé, se dit-elle.

Incapable de rester plus longtemps dans cet état de prostration, Kirsten alluma son ordinateur portable et accéda au fichier de la future exposition du château. Lorsqu'elle ouvrirait ses portes aux visiteurs, le Tour de Merrisand serait terminé. Et

Rowe serait reparti. Les lettres se mirent à vaciller sous ses yeux.

Comment réagirait-il si elle lui disait qu'elle l'aimait ? Il penserait sans doute qu'il s'agissait d'une manœuvre pour garder Jeffrey auprès d'elle.

Les lèvres serrées, elle commença à taper sur les touches du clavier avec rage, comme si elle cherchait ainsi à se défouler. Lorsqu'elle regarda sa montre, ce fut pour constater que plus d'une heure s'était écoulée. Faisant défiler sur l'écran les dernières pages du fichier, elle hocha la tête, satisfaite. La colère était parfois un excellent moteur. A son retour, Léa serait satisfaite de ses choix.

Elle éteignit l'ordinateur, fit rouler ses épaules pour détendre ses muscles crispés, puis se tourna vers le couloir. Et elle écarquilla les yeux. La porte de la chambre de Jeffrey était à présent grande ouverte.

Ne t'affole pas. Il a très bien pu se lever pour aller aux toilettes. Plongée dans le projet de l'exposition, tu ne l'auras pas entendu.

Pareille à une automate, elle se leva. La chambre était vide. D'instinct, elle toucha les draps. Ils étaient froids. L'enfant avait donc quitté les lieux depuis un certain temps. Elle balaya la pièce du regard. Il avait pris sa veste d'école et son cartable.

Le cœur battant à tout rompre, Kirsten se précipita vers l'appartement voisin, qui était toujours vide. Elle ouvrit la porte extérieure, qui donnait sur le grand couloir désert. Ses yeux effleurèrent les portraits des ancêtres de la famille royale. Elle avait l'impression que ces hommes et ces femmes la fixaient tous d'un air accusateur.

Elle retourna en courant dans sa chambre et composa le numéro de téléphone du bureau où, espérait-elle, se trouvait Rowe.

Kirsten ne s'aperçut qu'elle avait retenu son souffle qu'au moment où il décrocha.

— Rowe, c'est Kirsten à l'appareil. Est-ce que Jeffrey est avec toi ?

— Non. Pourquoi ? Que se passe-t-il ?

— Il… a disparu. Je lui ai dit toute la vérité ce soir, et maintenant… il n'est plus là ! Je pensais qu'il serait allé te retrouver.

— Il a peut-être plutôt décidé de me fuir…

— J'en doute. Il paraissait enchanté quand il a découvert que tu es son père. Il voudrait que nous vivions tous les trois ensemble. Je lui ai dit que… que c'était impossible, et je crois que c'est ce qui l'a perturbé.

Ces propos furent salués d'un bref silence tendu.

— Je vais demander aux gardes de fouiller les

alentours du château. Va au cottage, au cas où il aurait décidé de s'y réfugier. N'oublie pas de prendre ton téléphone portable.

Il ne fallut pas à Kirsten plus de cinq minutes pour arriver au cottage. Mais là, sa peur ne fit que grandir : toujours pas de Jeffrey. Elle se rendit alors chez les parents de Michael, qui ne l'avaient pas vu, mais décidèrent sur-le-champ de participer eux aussi aux recherches.

Kirsten avait du mal à lutter contre les larmes. L'inquiétude qui la rongeait augmentait de minute en minute. Et si l'enfant se perdait dans le parc ? S'il tombait dans le cours d'eau ?

Lorsque la sonnerie de son portable retentit, elle sursauta.

— Kirsten, c'est moi, Rowe, annonça-t-il de sa voix grave. Retrouvons-nous devant l'école. J'ai une idée.

Elle franchit en un temps record les quelques centaines de mètres qui la séparaient du bâtiment, plongé dans l'obscurité à cette heure. En route, elle rencontra Rowe. Il éclaira le chemin de sa lampe de poche, et elle accéléra l'allure.

Le portail de l'école était fermé. Mais au pied de la barrière, elle vit une petite forme accroupie.

— Jeffrey ?

Il paraissait si menu, si vulnérable dans sa veste enfilée sur son pyjama… Elle fut aussitôt à son côté pour le prendre dans ses bras.

— Mais que fais-tu là, mon ange ?

— J'attendais que tu viennes me chercher avec mon papa, lui répondit-il sans hésiter.

Kirsten se tut et serra contre elle le petit corps tout doux, tout tiède.

— Comment as-tu deviné ? murmura-t-elle, le visage levé vers Rowe.

— Ça m'est venu à l'esprit quand tu m'as dit qu'il voulait qu'on soit tous les trois ensemble.

Il remit la lampe de poche à la jeune femme, et se pencha pour soulever l'enfant dans ses bras.

— Il est temps de retourner se coucher maintenant, fiston, fit-il d'une voix vibrante d'émotion.

A moitié endormi, Jeffrey ne protesta pas. Quand ils le remirent dans son lit, une fois revenus au château, et l'embrassèrent, il dormait déjà profondément.

— Allons nous installer sur la terrasse, suggéra Rowe. Je vais nous préparer quelque chose à boire. Je pense que nous avons bien besoin d'un remontant.

Lorsqu'il rejoignit Kirsten et lui tendit un verre de cognac, elle en but machinalement une gorgée.

— C'est la première fois qu'il s'enfuit…, déclarat-elle d'une voix blanche.

— C'est aussi la première fois qu'il est confronté à une telle situation.

Rowe porta à son tour son verre à ses lèvres.

— J'ai moi aussi réfléchi, ce soir, dans mon bureau. Et je pense que Jeffrey a raison : nous devrions vivre ensemble.

Pour le bien-être de l'enfant. C'était sans doute ce qu'il pensait, se dit Kirsten.

— Si nous nous y prenons bien, il finira par accepter l'idée de parents qui vivent chacun leur vie, répliqua-t-elle. Comme des milliers d'enfants à travers le monde.

— Ces enfants ne sont pas *les miens* ! répondit Rowe d'une voix sourde.

— Qu'essaies-tu de… me faire comprendre ? chuchota-t-elle. Que tu vas… demander la garde permanente de Jeffrey ?

— Oui.

— Rowe…, fit-elle d'une voix brisée.

— De Jeffrey et de sa mère. Ce que je t'ai dit tout à l'heure est vrai, Kirsten. J'aime mon fils, mais je t'aime aussi, toi. Mon rêve le plus cher serait que nous vivions tous les trois ensemble. Depuis que je te connais, ma vie a changé. J'ai désormais un objectif : vous rendre heureux tous les deux. Aussi heureux que je le suis avec vous. Tu veux bien nous laisser une chance ?

Quand il la prit dans ses bras, elle sut qu'il était inutile de lutter plus longtemps. Elle aimait cet homme, qui lui avait démontré ne pas être le play-boy décrit par les médias.

Ils échangèrent un long, très long baiser. Un baiser à la fois tendre et passionné, reflet de l'avenir qui les attendait.

Épilogue

Assise au premier rang, à côté de son mari, Kirsten avait le cœur qui se gonflait de fierté et d'amour. Sur la scène de la salle de spectacle de l'école, Jeffrey jouait le rôle du prince Jacques, fondateur de l'Etat de Carramer.

En pensant à sa sœur, elle eut un sourire triste. Mais Natalie aurait elle aussi été fière de voir son fils en ce moment même. Elle aurait en revanche été étonnée que sa sœur porte le titre de vicomtesse d'Aragon. Depuis deux mois, à présent.

Après la superbe cérémonie de mariage dans la cathédrale de Taures et une lune de miel magique passée sur l'île privée de Rowe, il lui arrivait encore de se demander si elle rêvait, ou si ce bonheur parfait était bien réel.

Le rideau venait de se baisser, et les applaudissements fusaient de toute part.

— Notre fils a été magnifique ! déclara Rowe en

prenant son épouse par le bras pour la guider vers l'extérieur.

Cet orgueil paternel la remplit de joie.

— Il a été très bien, en effet.

— Je n'ai jamais vu de prince Jacques aussi réussi ! s'exclama le prince Maxim, qui venait de se joindre au jeune couple.

— Je garde un souvenir ému de ma propre prestation ! fit Rowe dans un éclat de rire.

— Il semblerait que le talent d'acteur soit un héritage familial, intervint la princesse Giselle d'un ton sec. Dommage qu'on ne m'ait pas permis de montrer le mien, je vous aurais tous écrasés...

Max adressa à sa sœur un petit sourire railleur.

— Je reconnais bien là une qualité typiquement féminine : la modestie !

— Et pourquoi les femmes devraient-elles être modestes ? rétorqua-t-elle, l'œil luisant. N'as-tu jamais entendu cette version selon laquelle le fameux prince Jacques aurait été une femme déguisée en homme ?

Le prince roula les prunelles.

— Voilà que ma chère sœur veut réécrire l'histoire des Carramer !

— Ce ne sera sûrement pas facile, avec toute une lignée de machos ! rétorqua-t-elle.

215

Le prince Maxim se tourna vers son cousin.

— Défends-moi de cette peste, Rowe !

Mais ce dernier n'eut pas le temps de répondre, que la princesse Giselle revenait à l'attaque.

— Si on me permettait d'avoir un rôle plus actif dans cette famille, je pourrais moi aussi servir la Fondation, et trouver l'amour, le vrai, comme le veut la légende ! Ainsi, tu serais débarrassé de « la peste » !

— Tu ne crois quand même pas à ce genre de sottises, Giselle !

— Sottises ? répéta la princesse avec un sourire. Pas si sûr, Max. C'est quand même bien la Fondation qui a réuni Kirsten et Rowe... Si mes souvenirs sont exacts, ils se sont connus en organisant ce Tour de Merrisand qui a remporté un tel succès, non, mon cher frère ?

Ne manquez pas, le 15 août,
Passion pour un inconnu
de Valerie Parv
Deuxième roman de
la saga des **Carramer**

Le nouveau visage
de la collection Or

◆

AMOURS D'AUJOURD'HUI

Afin de mieux exprimer sa modernité et de vous séduire encore davantage, votre collection Or a changé de couverture et de nom depuis le 1er mars 1995.

Rassurez-vous, les romans, eux, ne changent pas, et vous pourrez retrouver dans la collection **Amours d'Aujourd'hui** tous vos auteurs préférés.

Comme chaque mois, en effet, vous y attendent des héros d'aujourd'hui, aux prises avec des passions fortes et des situations difficiles...

COLLECTION
AMOURS D'AUJOURD'HUI :
Quand l'amour guérit des blessures de la vie...

Chère lectrice,

Vous nous êtes fidèle depuis longtemps?
Vous venez de faire notre connaissance?

C'est pour votre plaisir que nous avons
imaginé un rendez-vous chaque mois
avec vos auteurs préférés, vos
AUTEURS VEDETTE dans les
collections Azur et Horizon.

Les AUTEURS VEDETTE vous
donneront rendez-vous pour de
nouveaux livres vedette.

Pour les reconnaître, cherchez
l'étoile... Elle vous guidera!

Éditions Harlequin

HARLEQUIN

LE FORUM DES LECTEURS ET LECTRICES

CHERS(ES) LECTEURS ET LECTRICES,

VOUS NOUS ETES FIDÈLES DEPUIS LONGTEMPS?

VOUS VENEZ DE FAIRE NOTRE CONNAISSANCE?

SI VOUS AVEZ DES COMMENTAIRES, DES CRITIQUES À FORMULER, DES SUGGESTIONS À OFFRIR, N'HÉSITEZ PAS… ÉCRIVEZ-NOUS À:

> LES ENTERPRISES HARLEQUIN LTÉE.
> 498 RUE ODILE
> FABREVILLE, LAVAL, QUÉBEC.
> H7R 5X1

C'EST AVEC VOS PRÉCIEUX COMMENTAIRES QUE NOUS ALLONS POUVOIR MIEUX VOUS SERVIR.

DE PLUS, SI VOUS DÉSIREZ RECEVOIR UNE OU PLUSIEURS DE VOS SÉRIES HARLEQUIN PRÉFÉRÉE(S) À VOTRE DOMICILE, NE TARDEZ PAS À CONTACTER LE SERVICE D'ABONNEMENT; EN APPELANT AU (514) 875-4444 (RÉGION DE MONTRÉAL) OU 1-800-667-4444 (EXTÉRIEUR DE MONTRÉAL) OU TÉLÉCOPIEUR (514) 523-4444 OU COURRIER ELECTRONIQUE: AQCOURRIER@ABONNEMENT.QC.CA OU EN ÉCRIVANT À:

> ABONNEMENT QUÉBEC
> 525 RUE LOUIS-PASTEUR
> BOUCHERVILLE, QUÉBEC
> J4B 8E7

MERCI, À L'AVANCE, DE VOTRE COOPÉRATION.

BONNE LECTURE.

HARLEQUIN.

VOTRE PASSEPORT POUR LE MONDE DE L'AMOUR.

La COLLECTION AZUR

Offre une lecture rapide et

- ☑ *stimulante*
- ☑ *poignante*
- ☑ *exotique*
- ☑ *contemporaine*
- ☑ *romantique*
- ☑ *passionnée*
- ☑ *sensationnelle!*

COLLECTION AZUR...des histoires d'amour traditionnelles qui vous mènent au bout monde! Cinq nouveaux titres chaque mois.

♉ ♊ ♋ ♌ ♍

♍ L'ASTROLOGIE EN DIRECT ♒
TOUT AU LONG
DE L'ANNÉE.

(France métropolitaine uniquement)
Par téléphone 08.92.68.41.01
0,34 € la minute (Serveur JET MULTIMÉDIA).

Composé et édité par les
éditions Harlequin
Achevé d'imprimer en juin 2006

BUSSIÈRE
GROUPE CPI

à Saint-Amand-Montrond (Cher)
Dépôt légal : juillet 2006
N° d'imprimeur : 61190 — N° d'éditeur : 12223

Imprimé en France